Roswitha Quadflieg
Die Braut im Park

Roswitha Quadflieg

Die Braut im Park

Roman eines Lebens

Arche

Umschlag: Max Bartholl
Satz: Uhl + Massopust, Aalen
Druck und Bindung: Wilhelm Röck, Weinsberg
Printed in Germany
ISBN 3-7160-2144-X

»Allmittelst geht und rennt und saust das Leben hin – Herr Gott! bedenkt man's recht, es möchte einem der Angstschweiß ausbrechen.«

Eduard Mörike

Der Stock knirschte auf dem Kies. Hastig, die unsicheren Füße mit kurzen, ruckartigen Schritten in die Dunkelheit setzend, entfernte sich die helle Gestalt von der Eingangstür des Gästehauses. Das Licht, das aus den hohen Fenstern fiel, folgte ihr über den weitläufigen Platz und mit ihm die unruhigen, unförmigen Schatten der Tanzenden. Als sie den Weg unter den hohen Bäumen erreicht hatte, blieb sie stehen und horchte zurück. Nur noch einzelne Töne der Musik waren zu hören, sonst war alles still. Niemand schien ihre Flucht bemerkt zu haben, niemand folgte ihr. Gerda von Croneborg atmete tief ein und zog das dünne Spitzentuch über dem Ausschnitt ihres hellen Kleides enger zusammen. Es war eiskalt. Wie lange hatte sie für die kurze Strecke gebraucht? Sie konnte das kleine Zifferblatt ihrer goldenen Uhr nicht erkennen. Es mochte kurz nach Mitternacht sein.

Sie war entkommen! Den Papiergirlanden und den gefüllten Champagnergläsern, den rot und grün leuchtenden Häuschen aus Speiseeis, die als Krönung des Diners zu verabredeter Stunde bei Kerzenlicht in den Saal getragen worden waren. Vor allem aber den Augen ihrer Tochter, an denen das Befremden und der Unmut über den Aufwand, mit dem sie, die Mutter, ihren siebzigsten Geburtstag ausgerichtet hatte, deutlich abzulesen gewesen waren. Offen danach gefragt zu werden, womit sie das alles bezahlt haben mochte – angefangen von den gedruckten Einladungskarten im rosa Büttenumschlag mit Wappenprägung als Absender, bis hin zu den Blumen, die von trachtengekleideten Mädchen über die Köpfe der Tanzenden wie Reis über Brautpaare gestreut worden waren –, hätte Gerda von Croneborg nichts ausgemacht. Im Gegenteil. Sie hätte dann – und das hatte sie sich vorgenommen – geheimnisvoll gelächelt und Verschwiegenheit vorgetäuscht. Vermutungen über irgendwelche ungeahnten, bisher unaufgedeckten Vermögensreserven wären ihr willkommen gewesen. Aber das eindeutige »Ich weiß schon, wovon du das alles bezahlt hast« in den Augen ihrer Tochter, das ihr keine Möglichkeit für eine schöne Einbildung und eine dazugehörige Geschichte gelassen hatte, war ihr im Lauf des Abends bedrohlich geworden. Fast körperlich. Daß es überhaupt keinen Zweifel daran gegeben hatte, sie müsse – wie schon so oft in ihrem Leben – wieder einmal zum Pfandhaus gegangen sein, um ihre Pläne verwirklichen zu können, ärgerte sie, selbst hier draußen im Park, noch maßlos. Allein, daß ihre Tochter bisher nicht die geringste Ahnung von dem Umfang ihrer letzten Aktivitäten hatte, erschien ihr jetzt, nachdem sie das hellerleuchtete Haus mit den Gästen weit hinter sich gelassen hatte, wie ein kleiner Triumph. Die würde sich wundern! Um ihren siebzigsten Geburtstag ausrichten zu können, war Gräfin Gerda von Croneborg nämlich bis zum Auktionshaus vorgedrungen, und mehr als nur das restliche baltische Silberbesteck aus der Mitgift ihres Mannes Arnold von Weissmantel, mehr als die prächtige Zuckerdose und der Samowar mit Schwenkfüßchen und auf dem Deckel eingraviertem Sinnspruch hatten herhalten müssen: Ihre kleine Wohnung in Vadstena war, außer einer wertlosen Kücheneinrichtung und einer Couch, auf der sie die letzten Nächte verbracht hatte, leer.

Dem alten Studienrat Classen, der sich nach dem Tod seiner Frau in den ersten Stock seines Hauses zurückgezogen hatte und in dessen Parterrewohnung sie vor eineinhalb Jahren eingezogen war, hatte sie fristgemäß gekündigt, den Nachbarn, als der dezent getarnte Möbelwagen des Auktionshauses vorgefahren war, mitgeteilt, sie zöge um. Nach dem Fest zu ihrem siebzigsten Geburtstag auf Skansen in Stockholm käme sie nicht mehr zurück. Das Kärtchen an dem zu später Stunde von einem Boten der Nachbarn überreichten Blumenstrauß – »mit Glückwünschen und zum Abschied« – hatte bei ihren Verwandten zwar für Verwirrung, ja Empörung gesorgt, sie selbst aber in keiner Weise mehr gestört. Zu der Stunde hatte sie es bereits aufgegeben, gegen die Wirklichkeit anzukämpfen, denn zweifellos würden die eigentlichen Beweggründe für diesen Abend nach und nach aufgedeckt werden, mitleid-

los belächelt als Hirngespinste einer nicht mehr ganz zurechnungsfähigen alten Frau.
Nichts hatte die Situation noch retten können. Nichts war ihr eingefallen, was für ihre Tochter, ihren Bruder, die anderen Verwandten und Gäste glaubwürdig und überzeugend gewesen wäre.
Im Lauf des Abends, mit nachlassender Spannung, hatte ihre Phantasie sie verlassen. Zum erstenmal in ihrem Leben fühlte sie sich außerstande, eine verfahrene Situation zu ihren Gunsten zu retten. Ihre Fähigkeit, Rollen zu wechseln, alles nur als Spiel ohne verbindliche Regeln zu betrachten und sich entsprechend zu verhalten, schien verloren zu sein.
Und da es für sie nicht in Frage kam, sich für diesen Abend zur Verantwortung ziehen zu lassen, hatte sie sich entschlossen zu fliehen, einfach hinauszulaufen in den dunklen Park von Skansen und nicht mehr auf der Welt zu sein.
Kälte und Finsternis legten sich über sie wie ein schwerer Mantel, überdeckten bleiern das dünne Spitzentuch, das helle Kleid.
»Wenn du siebzig wirst, ziehst du ein weißes Kleid an, gibst ein großes Fest auf Skansen, und ich komme zurück und heirate dich.«
Wie hatten sie beide gelacht, damals, an jenem Spätsommerabend auf dem Bahnhof in Stockholm. Pers blonder Schnurrbart stand borstig nach vorne, er wischte sich die Tränen aus den Augen, und zum

letztenmal zog er sie an sich. Selbstverständlich hatten sie den Satz nicht ernst genommen, er war ihrer beider Hang zum Theatralischen, der Freude an Absurditäten entsprungen, ihrer vor allem, obwohl er – um der Etikette willen, schließlich heiratete damals der Mann die Frau und nicht umgekehrt – die Worte ausgesprochen hatte.

Gerda von Croneborg meinte noch jetzt den Kohlenstaub zu riechen und das Schmieröl. Sie erinnerte sich an das Fauchen und das ungeduldige Stampfen der Dampflokomotive. Dann war der Zug abgefahren. Sie hatte lange gewinkt und war, ihren gelben Strohhut in der Hand, an den Droschken vorbei, der untergehenden Sonne nach, den weiten Weg zu Fuß nach Hause gegangen. Eine Frau, Anfang Dreißig, mit einer Tochter von vier Jahren, seit einigen Tagen geschieden und schon lange verliebt in einen Mann, der sich gerade für die nächsten vierzig Jahre von ihr verabschiedet hatte.

Und jetzt waren die vierzig Jahre um – und er war, selbstverständlich, nicht gekommen. Sie wußte nicht einmal, ob er noch lebte. Aber sie hatte – ihm und sich – das Fest ausgerichtet, hatte nicht nur ein absurdes Versprechen eingelöst, sondern dadurch ihr selbstgestecktes Ziel erreicht, dem sie, verfallen dem Aberwitz, ihr Leben geopfert hatte. Die Vorwegnahme der Enttäuschung über sein Ausbleiben, was für sie wahrscheinlich gewesen war, hatte allem

eine feine, tragisch-dramatische Nuance gegeben, die sie im Lauf der Jahre als besonders interessant und aufregend empfunden hatte.
Und nun war das Fest vorüber. Die Zukunft, einen Abend lang gespenstisch und pompös zur Gegenwart geworden, lag hinter ihr. Was sollte sie tun? Für das Danach hatte sie nichts vorgesehen. Denn im Innersten, im Unterbewußten, das wurde ihr jetzt klar, hatte sie stets geglaubt, daß er doch erscheinen würde und dann das Leben, das eigentliche Leben, endlich seinen Anfang nehmen könnte. Alles Bisherige schien ihr nichts weiter gewesen zu sein als ein Abwarten, ein Warten auf ihn.
Nun stand sie draußen. Draußen im Park, in einer kalten Nacht Anfang Mai, unter den in diesem Land zu dieser Jahreszeit noch unbelaubten Bäumen. Gräfin Gerda von Croneborg, eine alte Frau in einem elfenbeinfarbenen Kleid – weiß wäre doch etwas zu bräutlich gewesen – mit einem dünnen Spitzentuch um die Schultern, gestützt auf einen Stock. Mit schlaffer, altersfleckiger Haut, von Wasser angeschwollenen Knien, die das Gewicht ihres schwerfälligen Körpers nur noch mühsam tragen konnten, auf verkrüppelten Füßen, mit Hühneraugen und eingewachsenen Nägeln, in albernen Spangenschuhen aus silbern gefärbtem Schlangenleder. Das kostbare Parfüm, das sie für diesen Tag aufgespart und sich am frühen Nachmittag nach dem Umkleiden

über dem Ausschnitt auf die Schlüsselbeine getupft hatte, war längst verflogen und mit ihm die anderen fremden Gerüche, die sich ihr später mit den vielen Küßchen von Enkeln, Neffen und Nichten auf Stirn und Wangen mitgeteilt und sie so verwirrt hatten. In dem leichten Wind, der durch die Allee vom Haus her hinein in den dunklen Park strich, war jetzt nur noch der Geruch der Kastanientinktur wahrzunehmen, worin sie gesundheitshalber seit Jahrzehnten zu baden pflegte und der in die Haut eingezogen und, alles andere überdeckend, zu ihrem Körpergeruch geworden war. Allen, die sie kannten, zuwider, von ihr selbst, gleichgültig an ihn gewöhnt, kaum noch wahrgenommen. In diesem Augenblick im Park jedoch überkam der Geruch sie unmäßig, trug ihr wie ein treuer und ob dieser Treue jetzt zutiefst verhaßter Diener alles nach, was sie hatte hinter sich lassen wollen, dem zu entkommen sie fest entschlossen gewesen war: ihr Alter, ihre Gebrechlichkeit, ihre Armut.

Die helle Gestalt in dem dunklen Park drehte sich noch einmal um. Einen Moment lang betrachtete Gerda von Croneborg das hinter ihr liegende erleuchtete Haus, dann setzte sie ruckartig ihren Weg fort, tastete sich stockknirschend, auf dem schmalen Kiesweg wie auf einem Seil balancierend, langsam weiter hinein in die Dunkelheit.

Drinnen im Saal war es unerträglich heiß geworden. Die kleine Gerda, Gerda von Croneborgs Enkelin – auf Wunsch der Großmutter auf den gleichen Namen getauft –, war unbemerkt zur Tür hinausgeschlüpft. Von der Wärme in die zunächst angenehme Kühle geraten, verharrte sie eine Weile in der Dunkelheit und atmete hastig. Dann schlich sie zum Fenster und versuchte, auf Zehenspitzen am Sims festgekrallt, durch die beschlagenen Scheiben in den erleuchteten Saal zu spähen. Von hier aus hoffte sie, die Großmutter wiederzuentdecken, die sie im dichten Gedränge aus den Augen verloren und schon eine Zeitlang nicht mehr gesehen hatte.
Statt dessen sah sie ihren Bruder Arne mit ungelenken Bewegungen, ganz kleiner Kavalier, mit der alten Tante Nora tanzen und die Mutter mit dem Vetter Nils. Ein bißchen zu eng, dachte die kleine Gerda, ein bißchen zu vertraut, und beobachtete sie eine Weile genau. Aber die Großmutter war auch von diesem Platz aus, der auf die Dauer nur mit sehr großer körperlicher Anstrengung einzunehmen war, nicht zu entdecken. Die kleine Gerda schaute sich um und überlegte, ob sie sich vielleicht auf dem hellen Kiesweg ein Stück weit in den finsteren Park hineinwagen sollte. Aber dann zog sie diesem Abenteuer ein anderes vor, schlüpfte zurück ins Haus und gleich neben der Tür die Treppe hinab in den hellerleuchteten, kristallämpchengeschmückten Wasch-

raum. Aus den zahlreichen Fläschchen auf dem Spiegelbord kamen ihr die seltsamsten Gerüche entgegen.

Beinahe hätte sie die weißgestrichene Bank übersehen. Verdeckt von den Zweigen eines struppigen Gebüschs, glänzte sie, ein paar Schritte ab vom Weg, skelettartig in der Dunkelheit.
Langsam tastete sich Gerda von Croneborg über den unebenen Boden zu ihr hin, griff nach dem feuchten Holz der Armstützen, ließ sich fallen und atmete schwer. Ihr Stock rutschte zu Boden. Wie Hunde, die an ihrem Opfer den Augenblick beginnender Wehrlosigkeit zu riechen scheinen und ihn sofort zum Angriff nutzen, sprangen Nässe und Kälte sie an, überzogen und durchzogen den Körper mit lähmendem Schmerz. Unfähig, sich zu wehren, schwankend zwischen Selbstmitleid und trotzigem Wohlgefallen an der Einzigartigkeit ihrer Situation, saß sie da und starrte ins Dunkel. Leises Rascheln, Knacken und Tropfen um sie herum. All das, was die Stille eines nächtlichen Parks ausmacht, wurde hörbar.
Was sollte geschehen? Wohin gehörte sie noch? Die Welt, das Gästehaus und die Menschen darin hatte sie verlassen, zurückzukehren war ihr – außerstande, jetzt auch nur noch einen Schritt tun zu können – verwehrt. Sie begann, sich allmählich aus der Wirklichkeit zu entfernen. Und es war ihr, als fahre sie, auf der Parkbank wie auf einem Floß sitzend, langsam über dunkles Wasser davon.

Auf dem Podium im girlandengeschmückten Saal verneigten sich die Musikanten. Der Klarinettenspieler verpackte sorgfältig sein Instrument. Die erhitzten Tänzer applaudierten, verließen das Parkett und gruppierten sich um die Tische. Man prostete sich zu und scherzte miteinander. Die Stimmen wurden lauter. Manch einem wollten die Gesten zu groß geraten. Der eine oder andere wurde auffällig. Die Tochter der Gräfin Gerda von Croneborg, Selma Pflug, hatte sich mit ihrem Vetter Nils hinten im Saal an einen der runden Tische, an denen nur Platz für zwei war, gesetzt.

»Wo sie nur sein mag?« Nils erhob sich ein wenig, um die Gruppen an den Tischen besser überblicken zu können. »Auch die kleine Gerda ist nirgends zu sehen. Vielleicht spielen die beiden draußen im Park Versteck. Das sähe ihnen ähnlich!« Er lachte.

»Mach keine Witze. Bei der Kälte kann sich ein kleines Kind den Tod holen.«

»Eine alte Frau auch.«

Als er ihre Hand berühren wollte, stand Selma hastig auf und sagte, es sei wohl besser, sofort nach den beiden zu suchen, sie mache sich jetzt doch ernstlich Sorgen.

»Wo ist denn unser Geburtstagskind?« hörte sie es von einigen Tischen her rufen, als sie auf die Tür zueilte. Keine wirklich ernsthafte Frage, nur Worte, wie bunte Seifenblasen in die Luft gepustet.

Vor der Saaltür die hellerleuchtete Garderobe, schwere und leichte Pelzmäntel an den Haken, nur einige Gäste hatten schon dünnere Mäntel gewählt, gequetschte Hüte und Mützen auf den Ablagen. Links die Tür zur Küche, rechts der Aufgang zur oberen Etage. Daneben das Telefon und gleich bei der Eingangstür die Treppe, die nach unten zu den Waschräumen und Toiletten führte.
Rasch stieg Selma hinab. Niemand begegnete ihr.
»Da bist du!«
Die kleine Gerda hörte die Stimme ihrer Mutter und sah sie im Spiegel hinter sich in der Tür stehen. Jede dieser merkwürdig geformten und deshalb so außerordentlich ihre Neugier weckenden Fläschchen auf dem Spiegelbord zwischen den Kristallämpchen hatte sie geöffnet, daran gerochen und sich mit dem bernsteinfarbenen Inhalt betupft. Schon eine ganze Weile hatte sie versucht, unter fließendem Wasser wenigstens die Hände von diesem sie zunehmend betäubenden Duft zu befreien. Das Wasser tropfte auf den Fußboden, als sie sich mit vorgestreckten Händen zu ihrer Mutter umwandte.
»Du riechst ja gut.« Selma schloß den Wasserhahn, strich ihrer kleinen Tochter über den Kopf und trocknete ihr die Hände. »*Eine* Gerda habe ich nun wenigstens gefunden. Zwar versteckt im Keller, dafür aber prächtig parfümiert.«
»Wo ist die Großmutter?«

»Das wollte ich dich fragen. Ich hatte gehofft, ihr wäret zusammen.«

»Nein. Ich habe schon nach ihr gesucht. Draußen.« Mehr wollte die kleine Gerda lieber nicht sagen.

»Draußen?« Erschrocken schaute die Mutter ihre Tochter an. »Warst du etwa im Park?«

Nein, sie habe nur mal kurz die Tür aufgemacht – was solle die Großmutter denn im Park?

»Eben«, sagte Selma, »und nun komm. Oben fragen schon alle nach dir.«

Gerda von Croneborg hatte sich, auf ihrer Parkbank sitzend, inzwischen schon weit von Skansen und ihrem siebzigsten Geburtstag entfernt. Es kam ihr so vor, als bewege sich ihr Floß auf diesem dunklen Fluß stromaufwärts und als sähe sie am Ufer Bilder, sich bewegende Bilder. Szenen, in Gruppen zusammengehörig, aneinandergereiht und ineinander verwoben. Und in ihnen entdeckte Gerda sich selbst. Im Anschauen, hineingezwungen in eine vergangene Wirklichkeit, begann sie, sich zu erinnern und im Erinnern zu begreifen: Sie sah ihr Leben.
Gelebt, vorhanden lag es vor ihr. Alles Hoffen und Warten auf das Eigentliche war das Eigentliche gewesen. Und indem sie es nun – seltsamerweise rückwärts ablaufend – wie einen lebendigen Bilderteppich am Ufer ausgebreitet fand, stellte sie fest, daß es vorüber war. Wahrnehmenkönnen und Abschiednehmenmüssen fielen zusammen.
Noch nie hatte sich Gerda von Croneborg der Vergangenheit gestellt. Immer hatte sie gemeint, nur zu spielen, nur auszuprobieren, und niemals damit gerechnet, für etwas verantwortlich oder gar schuldig geworden zu sein. Stets war sie überzeugt gewesen, sich jederzeit allem entziehen zu können. Nun sah sie, daß jedes Bild durch das vorangegangene entstanden, daß keines der Bilder ohne die vorangegangenen denkbar war.
Es gab keine Zufälle, und das alles war kein Spiel.

Sie sah durch sich bewirkte Wirklichkeit. Ihre Biographie hatte sich vollendet, ohne daß sie es bemerkt und ohne daß sie bewußt Anteil daran genommen hatte.

Womit hatte alles angefangen? Wahrscheinlich damals, ahnte Gerda, während sie die Fülle der Bilder auf sich zukommen sah, als sie einundzwanzig war und sich gefragt hatte, wozu sie eigentlich auf der Welt sei. Schon damals hatte sie etwas Besonderes, Heroisch-Tragisches angestrebt, zunächst einen Mann geheiratet, den eigentlich ihre um ein Jahr ältere Schwester Flora hatte haben wollen und von dem sie erwartet hatte, er würde – erschossen während des Ersten Weltkriegs – ihr bald die Gelegenheit geben, als junge Heldenwitwe – und nicht nur als außerordentlich hübsches Mädchen aus adligem Hause – neue, aufregendere Beziehungen anzuknüpfen.

Bis zu dem Tag ihrer Geburt, dessen siebzigste Wiederkehr dort hinten in dem erleuchteten Haus, in einer für sie jetzt anderen Welt, wahrscheinlich immer noch gefeiert wurde, würde sie bei dieser Wahrnehmung der Vergangenheit nicht vordringen. Denn der Augenblick, in dem ihre Mutter sie nach anstrengenden Monaten als ihr sechstes Kind in die Arme geschlossen und als Wiedergeburt ihrer früh verstorbenen Schwester Lisa willkommen geheißen hatte, und alles, was dann bis zu ihrer Hochzeit geschehen war, hatte nur sehr bedingt mit dem zu tun, was sie nun als ihr eigenes, eigentliches und zu verantwortendes Leben wahrzunehmen begann. Staunend und oftmals davor zurückschreckend. Vor allem vor sich selbst.

Vadstena. Blombergsgatan.
Erster Advent. Das blaue Antependium.
Am ersten Advent des vergangenen Jahres hatte der Pfarrer ihr Antependium aufgehängt. Ihr blaues Antependium, an dem sie über ein Jahr lang mit schmerzenden Fingern gewebt hatte. Die Stiftsdamen hatten Gräfin Gerda von Croneborg für das großzügige Geschenk gedankt, und in der kleinen Stadtzeitung von Vadstena war sogar ein Artikel erschienen, mit Foto.
Daraufhin hatte Gerda, sich, wie sie jetzt wahrnahm, in der Rolle der Mildtätigen außerordentlich gefallend, dem Kloster umgehend zwei kostbare alte Truhen geschenkt. Sie stammten noch aus ihrem Elternhaus, hatten sowohl die vielen Umzüge überstanden, als auch sämtlichen Versteigerungen getrotzt, die den einstmals wohlbestückten Hausstand hatten zusammenschrumpfen lassen, und waren, ob ihres Gewichts, bei Überprüfungen des Vorhandenen auf seine Pfandhaus-Tauglichkeit niemals in Betracht gezogen worden. Großmütter und Urgroß-

mütter hatten ihre Aussteuer unter den beiden schweren Deckeln sorgsam behütet und bewacht. Bei Gerda von Croneborg hatten die Truhen schon seit langem leer gestanden, geplündert. Nach jedem Wohnungswechsel schienen sie größer geworden zu sein. In immer beengtere Umgebungen gezwängt, waren ihre Maße allmählich zum Problem geworden, und zuletzt, in der kleinen Wohnung in der Blombergsgatan in Vadstena, hatten sie nur noch den Flur verstellt. Zu nichts mehr zu gebrauchen. Aber wertvoll.

Eigentlich hatte sie die eine Truhe ihrer Tochter Selma, die andere ihrem Lieblingsneffen Nils versprochen, zum Trost, weil durch ihre widrigen Lebensumstände, wie sie sie bezeichnet hatte, alles andere dahingerafft worden und mit weiteren Erbstücken nicht mehr zu rechnen gewesen war. Aber Selmas Empörung, nachdem ihr die großzügige Schenkung an das Kloster zu Ohren gekommen war – sie habe eigens mit Nils telefoniert, zum erstenmal seit Jahren, und auch er sei fassungslos gewesen über ihr Verhalten und sehr enttäuscht –, hatte sie nicht weiter gestört. Gerda von Croneborg hatte im Lauf ihres Lebens schon oft Empörungen ausgelöst, ohne jemals, wie sie fest überzeugt war, Anlaß dafür geboten zu haben.

Gerda hielt Hof. Sie empfing die Damen der Stadt und den Pfarrer in ihrem beengten, aber noch gutausgestatteten Salon, reichte dünnen Kaffee in kleinen Mokkatassen zwischen Nippesfiguren und blumentragenden Putten aus Gips, die sie selbst gefertigt hatte, und ließ den entzückten Ausrufen ihrer Gäste beim Betrachten dieser Kleinkunst weitläufige Exkurse über Bildhauerei folgen. Das vergilbte Papier mit Hochschulstempel, das sie auf fleckig gewordenem Foto als Kunststudentin auswies, eine Frau, Mitte Vierzig, während des Krieges in Berlin, war ihre Legitimation. Es machte die Runde und bewies Vergangenheit. Das einzige, was für die alten Damen dieser Gesellschaftsschicht noch brennend interessant war. Vergangenheit. Sie alle hatten keine, stammten aus der näheren Umgebung, mittelschwedische Provinz, und waren, früh verheiratet, wohl versorgt, mit Kindern, Mann und Dienstboten alt geworden. Die Welt war weit entfernt. Den Krieg kannte man hier nur vom Hörensagen, und an dem wenigen, das in der Kleinstadt geschah, hatten alle längst das Interesse verloren. Gerda von Croneborg, die alte Gräfin, die in der Blombergsgatan, in das Haus des verwitweten Studienrats Classen eingezogen und die weit in der Welt herumgekommen war, kam diesen Damen, wie Gerda voller Befriedigung feststellte, gerade recht. So etwas! Entzückt lauschten sie ihren Erzählungen und glaubten alles. Und Gerda genoß ihre Rolle.

Sie sah den Pfarrer inmitten der fröhlichen Runde, ihre Einrichtung taxierend. Er fragte nicht viel, und Gerda, um sein Interesse an ihr wachzuhalten, ließ sich seine Pläne für ein Heim zur Resozialisierung Alkoholgeschädigter erläutern, wobei sie, um den Anschein eines goldenen Bodens zu wahren, jedesmal die schönste ihrer verbliebenen Schmuckimitationen ausgelegt hatte.
Seine liturgischen Vorschriften jedoch hatte er trotz Gerdas ihm im geheimen anvertrauten Auftrags nicht außer acht lassen dürfen. Ein blaues Antependium war nicht so ohne weiteres einzuführen. Und er hatte sie auf den ersten Advent vertröstet, in der Hoffnung, für diesen Tag eine »Sonderregelung«, wie er es nannte, riskieren und sie Fragen stellenden Gemeindemitgliedern gegenüber verantworten zu können.
Gerda hatte sich also nach Verlassen des norddeutschen Klosters und ihrem Umzug nach Vadstena noch fast ein Jahr lang gedulden müssen, bis ihr Antependium endlich an den Platz gekommen war, für den sie es bestimmt hatte: den Altar in der Kirche über dem Grab ihrer Heiligen, der heiligen Birgitta, auf deren Spuren sie jahrzehntelang durch die Welt gereist war, über die sie ein Buch geschrieben, deren Bettgestell sie sogar ausfindig gemacht und als stolze Besitzerin, ohne Bedenken gegenüber Stilfragen, zu Bücherregalen und Standleuchtern hatte umarbeiten

lassen. Sie verliehen ihrem kleinen Salon in der Blombergsgatan erst den eigentlichen Glanz.
Dem leisen Spott, mit dem ihre Tochter Selma die seltsame Bereicherung des Mobiliars kommentiert hatte, war sie gelassen begegnet. Ihre Besuche waren ohnehin selten, und zu einer Diskussion über die Herkunft und Authentizität des geschnitzten Holzes, die mit der logischen Beantwortung der Frage, ob die heilige Birgitta auf ihrer Pilgerschaft ein Bettgestell mitgeführt habe oder nicht, rasch zu beenden gewesen wäre, ließ sie es nicht mehr kommen. Jegliche Beweisführung, wie ihre Tochter sie vor Jahren in unerfreulich heftigen, Gerda beleidigenden Briefen verlangt hatte, war ihr fremd. Für sie hatte es durch die in ihren Augen absolute Vertrauenswürdigkeit des Verkäufers keinen Zweifel daran gegeben, wem dieses Bettgestell einst gehört hatte. Und sie behielt sich vor, wenn sie schon nicht mehr darin schlafen konnte, da es bedauerlicherweise unvollständig in ihren Besitz gelangt war, es in der Form um sich zu haben, die ihr persönlich am angemessensten dafür erschien.
Immerhin hatte sie in Annäherung an ihre Heilige selbst drei Jahre in einem Kloster verbracht, hatte in der norddeutschen Kleinstadt Lüneburg, im Schatten der großen Backsteinkirche, der jahrhundertealten Tradition gemäß sticken und weben gelernt.

Lüneburg. Die Vision.

Gerda sah sich im Kreuzgang des Klosters auf und ab gehen, eine gepflegt aussehende ältere Dame mit dünnem weißen Haar, die hier freilich ohne Tracht und Haube, ihr Zuhause gefunden zu haben schien und nach ihrem fünfundsechzigsten Geburtstag, nach langer Wanderschaft, endlich ihren Frieden. Ihr kleines Zimmer wurde auch in der Übergangszeit geheizt, und im geschützten Innenhof verbreitete die spärliche Frühlingssonne angenehme Wärme.

Als sie sich jetzt so sah, wunderte sie sich darüber, daß sie nicht dort geblieben war, damals. Was ihr Sorge bereitet hatte, waren die zunehmende Schwere in den Beinen und die langsame Versteifung der Gelenke, vor allem der Finger, was beim Sticken und Weben außerordentlich hinderlich war. Doch sie versuchte, beides mit Hilfe der Heilquellen am Ort zu beheben, die sie sich, nachdem Karten, Handauflegen und Pendel versagt hatten – alle Versuche, ihre bei Otto von Wolkenstein erworbenen Kenntnisse nochmals einzusetzen, waren fehlgeschlagen –, selbst verordnet hatte. Ärzte zu konsultieren hatte sie sich seit langem abgewöhnt. Die, hatte sie immer behauptet, wollten ja nur ihr Geld. Eine traurige Erkenntnis, die sie während ihrer vielen Sanatorienaufenthalte in ihren Ehejahren mit Arnold von Weissmantel gewonnen hatte.

Vom Kloster aus suchte sie zweimal in der Woche

das Kurhaus auf, ließ sich in Moor und Salz legen und führte anschließend im Kurpark, die angenehm prickelnde Luft bei den rieselnden Salinenanlagen um sich, intensive Gespräche mit Rollstuhlfahrern, Genesenden und Touristen. Über das Leben, über das Leben nach dem Leben, Reinkarnation und Präexistenz. Und eine Zeitlang sah es so aus, als ob ihre Beschwerden nachließen.
Warum hatte sie nach fast drei Jahren Klosterleben wieder ihre Koffer gepackt? Warum hatte sie sich mit achtundsechzig Jahren im Winter auf den Weg gemacht, die verbliebenen Möbel vom Lager holen lassen und in ihrer Heimat – die alte Wohnung in Stockholm war längst aufgegeben – eine neue Bleibe gesucht?
Die Vorbereitungen für ihren siebzigsten Geburtstag auf Skansen hätte sie auch vom Kloster Lüne aus treffen können. Und von ihrem Buch »Wer war die heilige Birgitta?«, das, in einem katholischen Verlag auch auf deutsch erschienen, zwar kaum auf Interesse gestoßen und deshalb schon bald nach Erscheinen verramscht worden war, hatte ihr eins der letzten Belegexemplare, das sie unter den Damen im Kloster in Umlauf gebracht hatte, doch so viel Ansehen verschafft, daß sie noch lange Zeit davon hätte zehren können. Kleine literarische Zirkel hätte sie gründen, im Heideverein von ihren Reisen berichten und ausländischen Besuchern des Klosters dol-

metschen können. In jedem Reiseführer dieser Gegend gab es Hinweise auf den einzigartigen Wandteppich, der hier zu besichtigen war. Und Gerda kannte sich, auch mit Handbewegungen und Kopfnicken, in mehreren Sprachen aus.

Aber Ruhe und Beschaulichkeit waren ihr nicht vergönnt, der Umzug nach Vadstena war lange geplant. Denn im zweiten Jahr ihres Klosterlebens hatte Gerda von Croneborg, angeregt durch einen Traum, eine Vision erfunden: die große Vision von dem blauen Altartuch, das sie nach Vadstena in die »blaue Kirche« ihrer Heiligen, der heiligen Birgitta, bringen sollte. Mit dieser Vision hatte sie sich selbst beweisen wollen, eine Auserwählte zu sein, was durch den Mißerfolg ihres Buches zwar nicht gänzlich in Frage gestellt, aber doch erheblich erschüttert worden war. Keinen Zweifel hatte es für sie gegeben: Sie war, seitdem ihr im Alter von zweiundvierzig Jahren am Osterabend in Jerusalem die heilige Birgitta erschienen war, in Dienst genommen, von anderswoher entsandt – ihr Leben eine Prüfung.

Ihrer Tochter hatte sie selbstverständlich nichts von ihren Plänen gesagt. Auf solche Wege macht man sich im Verborgenen und geht sie tapfer allein.

Selma, das hatte Gerda gleich bemerkt, war über den Entschluß ihrer Mutter, sich in einem norddeutschen Kurort hinter Klostermauern zurückzu-

ziehen, zunächst sehr erstaunt gewesen. Aber dann hatte sie sich beruhigt damit abgefunden.
»So weiß ich dich wenigstens in der Nähe. Und vielleicht bleiben mir ja von jetzt an Aufregungen wie die letzte erspart, als es dir beliebte, mehrere Monate ohne Adresse in Paris unterzutauchen.«
Selma war schon vor Jahren mit ihrem Mann, dem Herzspezialisten Jakob Pflug, und den beiden Kindern von Berlin nach Hamburg gezogen.
»Bei dir muß man ja auf alles gefaßt sein. Warum bist du eigentlich mit diesem albernen Klapprollstuhl aus Paris zurückgekommen?«
Aber Gerda hatte ihrer Tochter darauf nicht geantwortet. Auch der Klapprollstuhl gehörte auf die Seite ihres Lebens, von der zu berichten vollkommen sinnlos gewesen wäre.
Während der Sommermonate wurde die Großmutter im Kloster Lüne Ziel für Wochenendausflüge. Eine Zeitlang gab es für Gerda von Croneborg, gemeinsam mit den Enkeln, so etwas wie ein Familienleben, das, wenn die dauernden kleinen Streitigkeiten zwischen ihr und ihrer Tochter nicht allzu heftig wurden und das Fernbleiben des Schwiegersohns, als selbstverständlich hingenommen, von beiden Seiten nicht mehr kommentiert wurde, fast harmonisch aussah.
Die kleine Gerda war mit ihren fünf Jahren für die Großmutter genau die richtige Gesprächspartnerin.

Auf der Bank im Kräutergarten wurde stundenlang philosophiert, während Selma, froh darüber, den endlosen Fragen ihrer kleinen Tochter für eine Weile zu entkommen, zusammen mit dem drei Jahre älteren Arne in die nahegelegene Eisdiele ging. Die Großmutter beantwortete jedes Warum des kleinen Mädchens und konnte von seinen altklugen Kommentaren, bei denen die kleine Gerda die dünnen Augenbrauen hochzog und den Mund wie zum Pfeifen spitzte, nie genug kriegen.
Sie erklärte ihrer Enkelin die Welt, legte ihr die Bibel aus und machte dabei, Swedenborg und Strindberg als Spinner beiseite geschoben, wie üblich nur ihre eigenen, und wie sie meinte, übersinnlichen, okkulten Erkenntnisse und Wahrnehmungen zur Grundlage jeglichen Verständnisses. Mit dem bösen Auge war nicht zu spaßen, und wenn jemand gar den Bann über einen gesprochen hatte, wie es während ihrer Schwangerschaft passiert war, dauerte das Unglück dreiunddreißig Jahre. Da halfen keine Reliquien und kein Heiliger Vater, keine Zaubersprüche und keine Blutstropfen um Mitternacht.
Die kleine Gerda ließ sich die Zusammenhänge immer wieder genau erklären und glaubte lange Zeit alles bedingungslos. Unter Anleitung der Großmutter lernte sie, Gedanken zu lesen, Vorahnungen zu haben. Und als im fortgeschrittenen Stadium ihrer Schülerschaft Arnes alte Schildkröte starb, war sie

nicht davon abzubringen, schuld daran gewesen zu sein. Zwar hatte sie das langweilige Tier, das jahrelang im Badezimmer in einer Kiste voll Salatblättern gehaust hatte, schon immer gehaßt, aber eines Tages – und das war das Ausschlaggebende gewesen – hatte sie es ihm gesagt. Und Worte sind Magie! Die Großmutter, selbstverständlich die einzige Mitwissende in dieser Angelegenheit, versuchte ihre Enkelin, so gut es ging, zu trösten. Aber geschehen war nun einmal geschehen – auch das mußte das Kind lernen. Daß auch sie die stinkige Schildkröte nicht gemocht und ihr einmal heftig mit dem Fuß vor den Kopf getreten hatte, was jedoch ohne Folgen geblieben war, verschwieg sie ihrer Enkelin wohlweislich. Später, als der kleinen Gerda bei manchen Theorien Zweifel gekommen waren, gab es im Kräutergarten des öfteren Streit. Und als Selma, inzwischen geschieden, mit ihren beiden Kindern die Großmutter über Ostern zum erstenmal nach ihrem Umzug in Vadstena in der Blombergsgatan besucht hatte, ging das einstmals so harmonische Verhältnis zwischen Großmutter und Enkelin vollends in die Brüche. Die kleine Gerda, inzwischen fast neun Jahre alt, antwortete auf die Frage, wie sie denn das blaue Antependium fände – Gerda hatte es extra vom Pfarrer aus dem Schrank der Sakristei holen lassen –, ohne zu zögern: »Chic-chic.« Das war zuviel. Bis zur Einladung zu ihrem siebzigsten Geburtstag, et-

was über ein Jahr später, hatte Gerda ihre Enkelin mit Nichtachtung gestraft, ihr keinen Brief mehr geschickt.
Wie erleichtert fühlte Gerda sich jetzt, daß das Wiedersehen auf Skansen vor zwei Tagen von ihrer Seite aus dann doch sehr herzlich ausgefallen war. Auch Selma und Arne, die, über den Starrsinn der Großmutter – und so empfand sie es jetzt selbst – reichlich amüsiert, die Erinnerung an die Szene monatelang wachgehalten hatten, wodurch das »Chic-chic« in der Familie ihrer Tochter, wie sie gehört hatte, zum geflügelten Wort geworden war, war die schon am Tag vor dem Geburtstag wiedergekehrte Zuneigung der beiden zueinander nicht entgangen. Und mit Beginn des eigentlichen Festes hatten alle von der wiedererblühten Liebe zwischen der großen und der kleinen Gerda gesprochen.
Warum war sie überhaupt so nachtragend gewesen? Was hatte sie von dem Kind bei der Vorführung eines handgewebten Altarbehangs, auf den sie mit Goldfäden einen strahlenumglänzten Kelch gestickt hatte, erwartet? Ihr war bekannt gewesen, daß ihre kleine Enkelin zwar hin und wieder den Kindergottesdienst besuchte, aber, wie Selma immer wieder betont hatte, keineswegs besonders religiös veranlagt war. Eine schon lange verstorbene Nonne, auf deren angeblichen Bettpfosten dicke weiße Stearinkerzen brannten, und ein Tuch, das eigens für den

Altar in ihrer Kirche gewebt worden war, hatten das Kind wenig interessiert.
Aber Gerdas heftige Reaktion hatte, wie ihr jetzt klar wurde, einen anderen Grund gehabt. Sie fühlte sich entdeckt und hatte selbstverständlich diese Entdeckung nicht wahrhaben wollen. Niemanden ging es etwas an, daß es eigentlich nur ein kurzer, belangloser Traum von einem blauen Tuch gewesen war, den sie vor sich selbst zu einer Vision im Morgengrauen hochstilisiert hatte. Wegen eines vermeintlich empfangenen Auftrags hatte sie das alles auf sich genommen! Hatte Wolle gefärbt, echten Goldfaden – ihr letzter Konfirmationsschmuck war dafür ins Pfandhaus gegangen – aus Indien bestellt und, alle Schmerzen ihrer kranken Finger ertragend, diesen Stoff gewebt und bestickt. Die Damen im Kloster in Lüneburg, ohne zu wissen, warum sie das alles tat, aber irgend etwas Außergewöhnliches vermutend, hatten sie bewundert, und der Pfarrer in Vadstena hatte ihr den ersten Advent versprochen. Und dann hatte das »Chic-chic« der Enkelin alles zu dem gemacht, was es war: zum Hirngespinst einer geltungssüchtigen alten Frau, frei erfunden, ohne die Tradition christlicher Altargewandung zu berücksichtigen.
Hatte das durch sie hellseherisch geschulte Kind das alles durchschaut, damals? Die kleine Gerda war ihrem Blick ausgewichen, und sie, die Großmutter,

hatte es vorgezogen, die Schwergetroffene zu spielen. Mit Schadenfreude hatte sie später gehört, wie Selma ihre kleine Tochter im Nebenzimmer ermahnte. Wenigstens einmal hatte sie ihre Tochter auf ihrer Seite geglaubt. Oder hatte es sich anders verhalten? War die Zurechtweisung vielleicht nur erfolgt, weil Selma festgestellt hatte, daß ihre eigenen ständigen Witzeleien über die künstlerische Betätigung der Großmutter bei der kleinen Gerda auf fruchtbaren Boden gefallen waren, und sie deshalb meinte, sich ohne weiteres Frechheiten ihr gegenüber erlauben zu können? Vor allem die Affäre um den Seraph mußte dazu beigetragen haben.
Ehe Gerda ihre Vision vom blauen Tuch erfand, hatte sie Sticken und Weben an verschiedensten Motiven geübt, Blumen und Engel hatten bei Verwandten und Freunden Einzug gehalten. Das Glanzstück jener Zeit aber, der Seraph aus der Kirche Santa Maria de Esterri d'Aneu, nach Bildvorlage in sieben Farben gestickt, hatte sie, mit Wollfaden und Bambusstab zum Aufhängen versehen, als ausgefallenen Wandschmuck für das Haus ihrer Tochter bestimmt und ihn der Familie zu Weihnachten geschenkt. Bei ihrem Besuch zu Silvester fand sie ihn an der Wand über dem Hundekorb. Und die Beteuerung ihrer Tochter, daß sie ihn gerade erst aufgehängt habe, nur um ihr eine Freude zu machen, und er sich noch keine drei Stunden an dem Platz befände, machte

alles nur noch schlimmer. Gerda brach in Tränen aus. Die kleine Gerda und Arne kicherten, und Jakob, der Schwiegersohn, versuchte einzulenken. Er fände den Wandschmuck sehr schön dort, und außerdem, warum sollte nicht auch der Hund seinen Engel haben?

Umgehend war Gerda ins Kloster zurückgefahren, und später hatte Selma ihr vorgeworfen, damit zum endgültigen Scheitern ihrer Ehe beigetragen zu haben. Der gemeinsam mit Jakob geplante Winterurlaub hatte ausfallen müssen. In der kurzen Zeit habe sich niemand finden lassen, der die abgereiste Großmutter ersetzt und für drei Wochen Kinder, Hund und Haus gehütet hätte. Wie schon oft war Dr. Pflug allein gefahren und dann, wie Gerda später erfahren hatte, nur noch ein- oder zweimal zum Einpacken der ihm wichtigen Bücher ins Haus zurückgekehrt. Noch im selben Jahr war die Scheidung amtlich geworden.

»Nur wegen deines läppischen Engels haben die Kinder keinen Vater mehr.« Diese Formulierung Selmas war gewiß überspitzt, aber warum, so mußte Gerda sich jetzt fragen, hatte sie sich damals auch dermaßen aufgeregt? Man hätte den Engel abnehmen, und sie hätte drei Wochen mit den Kindern verbringen können. Wer weiß, wie alles verlaufen wäre. Vielleicht war das Antependium nur die Folge dieses von ihr zu ernst genommenen Ereignisses?

Vielleicht hatte sie sich nur aus Wut über die erlittene Kränkung – Besuche ihrer für ihre Kunst unreifen Tochter und Enkelkinder hatte sie bis auf weiteres abgelehnt – in den Wunsch hineingesteigert, ihr Können vor kompetenteren Instanzen unter Beweis zu stellen, und deshalb einen harmlosen Traum zu einer absurden Vision hochstilisiert?
Die Entschlüsselung, die Wahrnehmung der eigentlichen Zusammenhänge ihres Lebens, wodurch ihr nach und nach die Erkenntnis ihrer selbst zuteil wurde, fiel Gerda von Croneborg schwer. Sie empfand Verwunderung und sogar Reue. So war ich? Und warum mußte sie so vieles wieder vor sich haben, das sie für gänzlich nebensächlich hielt? Was hatte das jetzt noch mit ihr zu tun – was ging es sie noch an? Aber gerade durch das unerbittliche Betrachtenmüssen der Nebensächlichkeiten gelang Gerda, was ihr bisher nie gelungen war: Abstand zu nehmen von sich selber.

Im Gästehaus von Skansen hatten Selma und Nils inzwischen die Durchsuchung der Zimmer im ersten Stock abgeschlossen. Ohne sich überlegt zu haben, ob es überhaupt sinnvoll war, hatten sie auch alle Abseiten und vor allem die Kleiderkammern durchstöbert. Aber sie hatten nichts gefunden.
Zum zweiten Mal schauten sie sich in Gerdas Zimmer um, aber nichts deutete darauf hin, daß sie überstürzt das Haus verlassen haben könnte. Ein Koffer lag aufgeklappt auf dem Bett, Kleidungsstücke hingen über dem Stuhl, zwei eigenartige Hüte am Haken über dem Pelzmantel neben der Tür. In einem offengelassenen Kästchen auf der Kommode vor dem verhängten Spiegel glitzerten Glasperlenketten und Broschen in verschiedenen Farben. Hier war, wie üblich, ohne Zuhilfenahme des Spiegels und nur auf Intuition bei der Zusammenstellung der Extras setzend, Garderobe an- und umprobiert worden. Seit damals, als Gerda sich entschlossen hatte, ihr Spiegelbild zu meiden, weil es für sie nicht mit jenem Bild in Einklang zu bringen war, das sie selbst von sich gehabt hatte, waren ihr die erstaunlichsten Effekte gelungen. »Gewagt« hatten einige Freunde des öfteren zu bedenken gegeben. Als »ungewollt« hatte Selma die Wirkung bei Auftritten ihrer Mutter mit knallrotem Kirschenbündel am fliederfarbenen Jungmädchenhut bezeichnet und entschuldigend mit den Achseln gezuckt.

In der Ecke, am Boden, lag ein weißes Kleid mit schwarzem Schleier. Wie gut, daß sie uns wenigstens das erspart hat, dachte Selma und tat so, als ob sie das Kleid nicht bemerkt hätte.
Daß ihre Mutter zu spontanen Entschlüssen fähig war, wußte sie. Aber warum sollte sie wortlos ein Fest verlassen haben, das sie sich selbst gegeben, auf das sie sich seit Jahren gefreut und von dem sie sich, das war eindeutig gewesen, etwas Außergewöhnliches, der Verwandtschaft bisher verborgen Gebliebenes erhofft hatte?
»Ich begreife nicht, was das soll«, sagte Selma und trat mit Nils auf den Flur hinaus. Allmählich fing sie an, sich zu ärgern.
»Vielleicht ist ihr irgend etwas zugestoßen«, sagte Nils nachdenklich und setzte sich auf eine der Polsterbänke, die zwischen den Türen der sechs Gästezimmer standen.
»Ja, aber was? Und, bitte wo?« Seit Jahren ständig mit den kuriosen Ideen und Verhaltensweisen ihrer Mutter konfrontiert, hatte Selma sich zwar längst abgewöhnt, so etwas wie Besorgnis zuzulassen, doch Nils' Ruhe ging ihr auf die Nerven.
»Warum sagst du nichts?« Teppich und Stofftapeten schluckten ihre Heftigkeit.
Nils zuckte mit den Schultern, und nachdem Selma ein paarmal im Flur auf und ab gegangen war, setzte sie sich neben ihn. Übermüdet und unschlüssig dar-

über, was jetzt noch zu unternehmen sei, saßen sie eine Weile schweigend im Halbdunkel. Sie hörten das Ticken der großen Wanduhr über der Treppe und von unten herauf ab und zu Lachen und Gläserklirren. Musik gab es zu dieser Stunde nicht mehr. Längst hatten die Musikanten und die trachtengekleideten Mädchen das Haus verlassen, und das Küchenpersonal war, wie auf Skansen üblich, bereits bis zum Frühstück am nächsten Morgen verabschiedet worden.
Auf einmal waren Schritte auf der Treppe zu hören. Kinderschritte. Die kleine Gerda blieb auf der obersten Stufe stehen, als sie ihre Mutter mit Nils im dämmrigen Flur auf der Polsterbank sitzen sah.
»Habt ihr sie?« fragte sie, ohne näher zu kommen, bekam aber keine Antwort. »Ihr müßt den andern etwas sagen, sie tuscheln schon.«
Als Selma ein Glas anschlug, um sich im Saal Gehör zu verschaffen, verstummten alle sofort, so, als ob sie schon lange darauf gewartet hätten.
»Das kann doch gar nicht sein«, sagte der alte Graf Knut von Croneborg, Gerdas ältester Bruder, später, als alle Gäste, so schnell es ihnen in ihrem außergewöhnlich heiteren Zustand möglich war, das Gästehaus auf Skansen verlassen hatten. Auch Knuts Söhne waren mit ihren Frauen und Kindern auf sein Drängen hin gegangen. In kleinem Kreis, so hatte Selma in ihrer kurzen Rede gesagt, wolle man dar-

über beraten, was weiter zu tun sei, und alle hatten ihr Einverständnis damit bekundet, das Fest sofort abzubrechen. Eigentlich hätte man schon lange gehen wollen, denn die Wege seien ja weit und der Rauhreif in den frühen Morgenstunden nicht ungefährlich. Aber alle hätten angenommen, es käme noch irgend etwas, sozusagen zur Verabschiedung.
»Das kann doch gar nicht sein«, wiederholte Knut von Croneborg.
Immerhin hatte die Mitteilung von Gerdas Verschwinden bei ihm den Grad an Nüchternheit wiederhergestellt, den er brauchte, um seine Gedanken einigermaßen ordnen zu können. Um ihn herum am großen runden Tisch, der für die Krisensitzung gewählt worden war, saßen die anderen Mitglieder der Familie, die zusammen mit Selma und ihren beiden Kindern als besondere Gäste in den oberen Zimmern des Hauses einquartiert worden waren – »für drei Tage und drei Nächte«, wie es auf der Einladungskarte geheißen hatte.
Neben Knut saß Johanna, seine magere Frau, mit Mittelscheitel und Knoten und frisch gestärktem weißen Kragen. Hochgeschlossen. Heute hatte sie sich ausnahmsweise eine Brosche angesteckt. Und jetzt kam es ihr vor, als sei dieser Schmuck so überflüssig wie alles andere an diesem Abend auch. Vollkommen überflüssig und gänzlich unsinnig. Und nun noch ein Skandal? Peinlich.

Als ordentliche Gutsfrau, an der Seite ihres Mannes seit Jahrzehnten dem Stammsitz des Grafen Croneborg, Björknäs bei Eksjö, verpflichtet, hatte sie alles aus ihrem Leben verbannt, was auch nur im entferntesten mit Ausschweifung oder Verschwendung in Zusammenhang hätte gebracht werden können. Sie hatte drei Kinder, später zeitweilig sieben Enkelkinder großgezogen und dazu noch einige aus Familien, die in Not geraten waren. Nie hatte auf dem Gut jemand Mangel gelitten, nie aber hatte jemand auch nur ein wenig zuviel erhalten. Johanna wußte die Grenze zwischen Sparsamkeit und Geiz genau zu ziehen, und das hatte ihr Ansehen und Zuneigung verschafft, obwohl jeder immer auch ein bißchen Angst vor ihr hatte und in ihrer Nähe meinte, so etwas wie Kälte zu verspüren. Seit Jahren hatte sie damit gerechnet, daß ihre Schwägerin eines Tages auf den Hof kommen und den ältesten Bruder um Hilfe bitten würde. Und vor diesem Tag hatte sie sich gefürchtet. Denn sie wußte genau, daß Knut von Croneborg seiner Schwester keine Hilfe in der Form gewähren würde, wie diese sie sich immer erhofft hatte.

Gerda von Croneborgs Erbe war – in Kronen und Wertgegenständen – bei ihrer Hochzeit ausbezahlt worden. Ein für allemal. Sie hatte mit Arnold von Weissmantel ein eigenes Gut kaufen und kostbar ausstatten können. Und später, als sie ein anderes

Leben zu führen begann als in diesen Familien üblich und sie immer mehr verarmte, hatte Knut seiner Schwester geholfen, indem er ihr, ganz offiziell, Wertgegenstände abgekauft und auf diese Weise für den Familienbesitz gerettet hatte. Silber, Möbel, hin und wieder ein Gemälde. Aber Zuwendungen über das »Ein für allemal« hinaus wären für ihn nicht in Frage gekommen. Denn, und darin stimmte Johanna mit ihrem Mann völlig überein, ohne die absolute Einhaltung dieses seit Generationen geltenden Gesetzes – soweit man zurückdenken konnte, alle Familienmitglieder gleichermaßen voneinander trennend wie aneinander bindend – wären Wohlstand, Ruf und Ansehen einer so weit verzweigten Familie niemals garantiert gewesen.
Aber Gerda war nicht gekommen, schon seit vielen Jahren nicht mehr. Statt dessen hatte die Post eines Tages die Einladungskarte zu ihrem siebzigsten Geburtstag gebracht, und, um sie nicht zu kränken und weil sie sich schon so lange nicht mehr gesehen hatten, waren Knut und Johanna von Croneborg der Einladung gefolgt.
Neben Johanna saß Nora, die Schwägerin, die Frau von Bertil, Gerdas zweitältestem Bruder, der ein halbes Jahr nach seiner Hochzeit – niemand wußte, warum – im gutseigenen See ertrunken war. Es hatte kein Unwetter gegeben, das Boot war später im Schilf gefunden worden, seine Leiche nie. Er war

als schwermütig bekannt gewesen. Aber wer war das hier nicht? Die Winter waren lang, der Alkohol, mit dessen Hilfe man ihn – vielleicht – hätte vergessen können, rationiert. Und aus Not, wenn es denn nicht mehr anders ging, auf das Rasierwasser zurückzugreifen, wie es der alte Gärtner auf dem Gut immer wieder getan hatte, war nicht jedermanns Sache. Das furchtbare Delirium, dem er, nach kurzen Phasen der Heiterkeit, jedesmal verfallen war, gewiß auch abschreckend genug.

Nora hatte, um in der Nähe des Sees bleiben zu können, mit Nils, der erst nach dem Tod seines Vaters geboren worden war, ein kleines Haus auf dem Gut bezogen. Ein bißchen abseits von Knut und Johanna und doch zur Familie gehörig, war sie, bei allen beliebt, stets Vermittlerin gewesen, wenn Schwierigkeiten unter den Geschwistern oder unter deren Kindern aufgetaucht waren. Geheiratet hatte sie nicht mehr.

Nils war Gerdas Lieblingsneffe geworden. Er hatte die gleichen traurigen Augen wie sein Vater, ihres, vor allen anderen geliebten Bruders Bertil. Sie hatte den Jungen gern um sich gehabt und nur seinetwegen nach ihrer Hochzeit hin und wieder den elterlichen Hof und die Verwandten besucht. Und als sie nach fast fünfjähriger Ehe, keine der mütterlichen Rezepturen hatte zunächst anschlagen wollen, und sie hatte schon befürchtet, ein Kind adoptieren zu

müssen, endlich schwanger geworden und dann eine Tochter und keinen Sohn geboren hatte, hatte sie begonnen, geradezu um den kleinen Jungen zu buhlen. Die absonderlichen Geschichten von Elfen und Gnomen, die sie ihm im Halbdunkel, versteckt vor den anderen, erzählt hatte, waren durch ausgefallene Geschenke gekrönt worden. Froschfallen und Zauberstäbe hatte auf einem schwedischen Gutshof bisher niemand gesehen. Diese Tante war – das festzustellen, war Gerda stets eine Genugtuung gewesen – allen anderen vorgezogen worden.
Später, als sie nach Stockholm gezogen, als ihre Ehe geschieden und aus der Baronin Gerda von Weissmantel die Gräfin Gerda von Croneborg geworden war, hatte sie Nils den Sommer über zu sich eingeladen, und er und Selma hatten »Großer Bruder und kleine Schwester« miteinander gespielt.
Aber als Gerda anfing, mit ihrer Tochter auf Reisen zu gehen, war die Verbindung zu Nils abgebrochen, Vetter und Cousine hatten sich aus den Augen verloren. Er war Bibliothekar geworden und erst später, als seine Frau ihn verlassen hatte, nach Stockholm gezogen. Seine Ehe war kinderlos geblieben. Und als Selma ihn wegen der verschenkten Truhen angerufen hatte, war es ihm zunächst schwer gefallen, zwischen der fremden Frau am Telefon und dem kleinen Mädchen in seiner Erinnerung eine Verbindung herzustellen.

Jetzt – inzwischen war es weit nach Mitternacht – saß er zwischen ihr und seiner Mutter am runden Tisch im Gästehaus von Skansen, und er hätte dem »Das kann doch gar nicht sein« seines alten Onkels Knut nur zu gern zugestimmt. Statt dessen mußte er die anderen bitten, sich mit dem Gedanken anzufreunden, daß Gerda verschwunden sei.
»Wir haben alles durchsucht«, sagte er und dachte, welch ein Glück, daß Tante Flora und Onkel Helge, Gerdas Zwillingsgeschwister und ihr im Alter am nächsten, diesen Abend nicht miterleben mußten. Helge, schon seit langem bettlägerig, hatte sich entschuldigen lassen, Flora war gar nicht eingeladen worden. Denn vor neunundvierzig Jahren, am Abend der festlichen Hochzeit ihrer Schwester Gerda, die sie in den Stand der Sitzengelassenen versetzte, den Bräutigam zu ihrem Schwager machte und alle Hoffnungen ihres Lebens dahinraffte, hatte sie dem Paar einen braunen Frosch ins Brautbett gesetzt. Und das hatte Gerda, wohlwissend, wem sie das ekelerregende Tier zu verdanken hatte, ihrer Schwester nie verziehen. Die Hochzeitsnacht, die sie romantisch im Pavillon am See hatte verbringen wollen, war verdorben gewesen, und kein Wort hatte sie jemals mehr mit Flora gewechselt.
Nils schaute besorgt zu Selmas Kindern hinüber. Sie hatten sich geweigert, ins Bett zu gehen, und da

allen ein bißchen unheimlich zumute war, hatte sich keiner getraut, streng zu werden und sie nach oben zu schicken. Völlig übermüdet saßen sie neben ihrer Mutter am Tisch, bemüht, die Augen offenzuhalten und das nur zögernd einsetzende Gespräch zu verfolgen.
Wer hatte Gerda zuletzt gesehen, ab wann war sie vermißt worden? Hatte sie jemandem gegenüber etwas Verdächtiges geäußert? Man versuchte, sich gemeinsam zu erinnern, und stellte fest, daß es kurz nach Mitternacht gewesen sein mußte, als die kleine Gerda sich auf die Suche nach der Großmutter gemacht hatte. Seit ihrem Verschwinden waren also keine zwei Stunden vergangen. Ein Spaziergang allein und zu so später Stunde war ausgeschlossen, weil ihr Mantel, ohne den sie bei der Kälte das Haus niemals verlassen hätte, oben in ihrem Zimmer hing, vor allem aber, weil Gerda viel zu unsicher auf den Beinen war. Schon auf der Treppe, da waren sich alle einig, wäre sie gestürzt und hätte um Hilfe gerufen.
Es sei ihr den ganzen Abend so vorgekommen, sagte Johanna plötzlich, als habe Gerda noch jemanden erwartet. Ständig habe sie zur Tür geblickt und andauernd nervös an ihrem Kleid genestelt.
»Überhaupt, das Kleid«, unterbrach Selma lebhaft die Tante, »was sollte denn das? Sie sah ja aus wie eine Braut.«

»Ich fand sie bezaubernd«, sagte die kleine Gerda schlaftrunken und legte den Kopf auf die Tischplatte.

Die anderen sahen sie an, Nils lachte. Das Gespräch, das inzwischen ziemlich lebhaft geführt worden war, stockte, es entstand eine Pause.

Im Saal waren die Kerzen fast heruntergebrannt. Nur auf dem Tisch, an dem die sieben saßen, hatte man neue aufgesteckt, und in dem flackernden Licht sahen die Gesichter aus, als schnitten sie Fratzen. Die Saaltür stand einen Spaltbreit offen, und vom erleuchteten Flur fiel ein heller Lichtstrahl herein.

Nach einer Weile sagte Knut nachdenklich: »Ich glaube nicht, daß Gerda noch jemanden erwartet hat. Alle, die eingeladen waren, sind auch gekommen, und Helge hat sich entschuldigen lassen. Sie wird ja wohl nicht angenommen haben, daß die, denen sie keine Einladung geschickt hat, erscheinen würden.«

Außer Flora gab es noch andere Verwandte, mit denen Gerda sich im Laufe der Jahre zerstritten und deren Namen in ihrer Gegenwart zu erwähnen sie sich verbeten hatte.

»Vielleicht«, sagte Selma zu ihrem alten Onkel Knut, »hat sie angenommen, euer Vater würde erscheinen.«

Der alte Gutsbesitzer sah seine Nichte prüfend an.

»Im Totenhemd?« fragte er gedehnt. »Ziemlich bizarr, aber zuzutrauen wäre ihr alles.«
»Vielleicht hat er sie abgeholt«, sagte die kleine Gerda, die den letzten Sätzen aufmerksam gefolgt war.
Arne, der, nachdem die Gäste das Haus verlassen hatten, zunächst noch eilfertig mit Nils einmal um das Haus gelaufen war, um für alle Fälle den Treppenaufgang am Dienstboteneingang abzusuchen, und der bisher stumm dabeigesessen und kleine Zieharmonikafalten in das gestärkte Damasttischtuch vor sich gekniffen hatte, sprang auf. Sein Stuhl fiel um. Und auf dem harten Parkett klang das Geräusch, das dabei entstand, wie ein Schuß. Er schrie laut etwas Unverständliches und rannte hinaus. Alle hörten ihn die Treppe hinaufpoltern und oben seine Zimmertür zuschlagen.
Dann war es still. Die kleine Gerda starrte auf die weit offen gebliebene Saaltür, die anderen blickten sich an. So, im Halbdunkel, zu vorgerückter Stunde, im Zustand totaler Übermüdung auf der einen und völliger Überreiztheit auf der anderen Seite fehlte nicht viel, und jeder am Tisch hätte allmählich alles für möglich gehalten – auch daß Türen aufsprangen, längst verstorbene Väter oder Großväter erscheinen und einen von ihnen mitnehmen würden.
Knut faßte sich als erster und sagte, weil seine

Stimme ihm noch nicht gehorchte, etwas zu laut: »Ich mache jetzt erst einmal Licht, und dann sehen wir weiter.«

Er stand ruckartig auf, und während er hin und her lief, neue Kerzen aufsteckte und anzündete, löste sich die Spannung. Selma fragte ihre kleine Tochter, ob sie nicht auch nach oben gehen wolle, wie Arne. Aber die kleine Gerda schüttelte den Kopf, legte die Arme auf den Tisch und schlief ein.

»Die Nerven möchte ich haben«, sagte Nils. »Aber eigentlich hat sie ja recht. Irgendjemand muß Gerda abgeholt haben.«

Knut warf seinem Neffen einen warnenden Blick zu. »Fängst du jetzt auch noch an?«

Allmählich reichte es ihm. Er hatte es satt, nur weil seine Schwester anscheinend vollends verrückt geworden und, ohne sich verabschiedet zu haben, einfach verschwunden war, weit nach Mitternacht mit übernächtigten Verwandten in diesem spärlich erleuchteten Saal, durch dessen Fenster alsbald der Morgen hereindämmern würde, spiritistische Sitzungen abzuhalten. Er wollte zum Ende kommen: »Vielleicht ist sie einfach nach Hause gefahren.«

Selma war entsetzt: »Mit dem Taxi? Das würde mehr als einen Tausender kosten.«

»Und wenn?« erwiderte Knut. »Sie scheint sowieso das Maß verloren zu haben. Schau dich doch um!«

Der alte Graf stand auf, schüttelte sich vor Lachen,

drehte sich einmal um sich selbst und wies dabei mit großer Geste in den Saal: »Meine verarmte Schwester!« Und nachdem er sich wieder beruhigt und hingesetzt hatte, fügte er hinzu: »Ich wußte, daß das nicht gutgehen konnte. Wir hätten ihr und uns alles ersparen und gar nicht erst kommen sollen.«

»Nun sind wir aber da«, sagte Nils gereizter, als es seinem Onkel gegenüber erlaubt war. »Daran ist nichts mehr zu ändern. Nur Gerda ist weg. Etwa seit Mitternacht und ohne Mantel.«

»Wollen wir versuchen, sie zu Hause anzurufen?« Selma wollte einlenken.

Nils sah auf die Uhr: »Jetzt?«

Wenn die Vermutung stimmen sollte, daß Gerda mit einem Taxi nach Vadstena gefahren war, so würde sie bei dieser Witterung nicht vor fünf Uhr dort eintreffen. Trotzdem, froh darüber, endlich etwas Sinnvolles tun zu können, wie er meinte, griff Knut von Croneborg den Vorschlag seiner Nichte eilig auf und ging hinaus, um zu telefonieren. Nach kurzer Überlegung wählte er, wegen der Dringlichkeit Anstand und Höflichkeit außer acht lassend, um halb drei Uhr morgens in der Garderobe des Gästehauses von Skansen die Nummer des Studienrats Classen in der Blombergsgatan in Vadstena, um eine Nachricht zu erbitten, sobald Gerda ihre Wohnung betreten sollte. Der alte Herr war äußerst befremdet über den Anruf und teilte Knut von Croneborg mit, daß seine Schwester drei Monate zuvor ordnungsgemäß gekündigt und die Wohnung bereits geräumt habe. Er habe nichts davon gehört, daß sie nach ihrem Geburtstag noch einmal zurückkommen wollte. Warum auch? Von allen habe sie sich verabschiedet und ihm den Betrag für die Reinigung der Wohnung bereits übergeben.

Plötzlich fragte er: »Haben Sie denn nichts davon gewußt?«

Und Knut von Croneborg sagte: »Nein«, vergaß zum erstenmal in seinem Leben, sich zu entschuldigen, und legte auf.

Aus dem Halbdunkel am Tisch sahen ihm fünf Gesichter entgegen. Er ließ sich in den Stuhl fallen und sagte lange Zeit kein Wort. Und als Knut von Croneborg dann endlich zu reden begann, kam es den anderen vor, als verlese der alte Graf eine amtliche Mitteilung:

»Gerda ist, bevor sie nach Skansen kam, aus ihrer Wohnung ausgezogen. Mein Gedanke, daß sie nach Hause gefahren sein könnte, war also falsch. Ich bitte um Entschuldigung.«

Plötzlich herrschte allgemeine Aufregung am Tisch. Nora und Johanna wechselten verzweifelte Blicke, Nils hatte Mühe, Selma zu beruhigen.

Die kleine Gerda, hellwach geworden, beobachtete alles, und nach einer Weile, bevor das Hin- und Hergerede noch heftiger zu werden drohte, sagte

sie, so, als sei sie der Großmutter auf die Schliche gekommen: »Dann ist sie also doch mit ihm gefahren!«
»Mit wem?« Alle sahen das Kind verblüfft an.
»Mit dem Klarinettenspieler! Ich habe beide beobachtet, draußen in der Garderobe. Ich glaube, sie hat sich in ihn verliebt und deshalb keinem von uns etwas gesagt.«
Beinahe hätte Nils schon wieder über dieses Kind gelacht, aber es gelang ihm, sein Lachen zu unterdrücken, und es hörte sich an, als habe er sich verschluckt.
»Tolle Idee«, sagte Selma rasch, womit sie nur den ersten Teil der Bemerkung ihrer kleinen Tochter meinte und nicht den drolligen Zusatz. Und nach kurzer Überlegung fuhr sie fort: »Nach allem, was ich mit meiner Mutter im Lauf der vielen Jahre erlebt habe, und nach allem, was ihr mit ihr erlebt habt, halte ich nichts mehr für ausgeschlossen.«
Sie erinnerte sich daran, gestern auf ihre Frage nach dem Namen der für den Abend bestellten Musikkapelle keine Antwort bekommen zu haben. Ob ihre Mutter es von vornherein darauf abgesehen hatte, allen ein Schnippchen zu schlagen und sich heimlich abzusetzen?
»Wahrscheinlich hat sie sich in die Stadt mitnehmen und in ein Hotel bringen lassen. Sich selber Spaß und anderen Sorge zu bereiten, war ja schon immer ihre

Spezialität. Es tut mir alles sehr leid, vor allem für euch.«

Knut von Croneborg überlegte eine Weile, und dann, als fahre er Selmas Gedanken fort, fragte er seine Frau, ob sie sich daran erinnere, wie Gerda kurz vor ihrer Hochzeit einen ihr lästigen Verehrer zu einem angeblichen Ball in eine andere Stadt geladen und dem Armen vor verschlossenen Türen von einer Freundin ein Kärtchen mit »Ein andermal?« hatte überreichen lassen. Ja, seiner Schwester Gerda war eine ganze Menge zuzutrauen.

»Trotzdem«, sagte er plötzlich, »werde ich ihr Verschwinden der Polizei melden und sicherheitshalber Nachforschungen bezüglich der Musiker vornehmen lassen.«

Als er dann aber wenig später den diensthabenden Beamten am Telefon hatte, bereute der alte Graf seinen Entschluß, denn er wurde, nachdem er die Lage, so ruhig und unspektakulär wie möglich, vorgetragen hatte, ohne Umschweife nach dem Geisteszustand seiner Schwester befragt. Und während er zu den anderen in den Saal zurückkehrte, überlegte er sich, ob er mit dieser Meldung vielleicht doch eine Indiskretion gegenüber der Familie von Croneborg begangen habe und einen Schritt zu weit gegangen sei.

Man habe ihm mitgeteilt, sagte er zu den anderen, in dieser Sache erst im Laufe des Vormittags tätig werden zu können, da es sich ja eindeutig um einen Fall von Freiwilligkeit und nicht um Kidnapping handele.

Durch diese Erklärung hinlänglich beruhigt und gewiß, im Augenblick nichts weiter unternehmen zu können, vor allem aber durch die Bemerkung der kleinen Gerda erleichtert, bisher anscheinend auch nichts versäumt zu haben, beschloß man, die Schlafzimmer im oberen Stock aufzusuchen und den Morgen abzuwarten.

Selma fand Arnes Tür verschlossen, und weil sie annahm, daß er eingeschlafen sei, klopfte sie nicht länger. Sie schickte die kleine Gerda voraus in das gemeinsame Zimmer, verabschiedete sich von Nils und sagte, ehe sie die Tür hinter sich zuzog: »Jetzt verstehe ich wenigstens das Kärtchen an den Blumen. Und in ein paar Stunden klärt sich gewiß der Rest – wenn du kannst, schlaf ein bißchen.«

Paris. Vincent de Conze.

Schon lange hatte Gerda wieder nach Paris reisen wollen. Nicht, um Erinnerungen aufzufrischen an das, was sie damals, etwa drei Jahre verheiratet, standesgemäß ausgerüstet, mit Hutschachtel, kleinem Fächer und Fernglas aus Perlmutt, gemeinsam mit ihrem Mann Arnold von Weissmantel kurz nach dem Ersten Weltkrieg in dieser Stadt erlebt hatte. Sie haßte Erinnerungen und wollte nichts von ihnen wissen.

Sie hatte sich vorgestellt, sich Paris als erfolgreiche Schriftstellerin, ihre jahrelangen geistigen Bestrebungen weltlich nutzend, von ihrem ersten Honorar für das Buch über die heilige Birgitta zu leisten. Im Winter, weil da alles billiger war.

Ihr Lehrerinnendasein, das zu führen ihre ökonomische Lage sie fast drei Jahre lang gezwungen hatte, war zu Ende, und sie hatte gehofft, sich ohne finanzielle Sorgen endlich wieder dem widmen zu können, was ihr am Herzen lag. Weniger um selbst davon zu profitieren, als vielmehr, wie sie gemeint hatte, für die Welt Wichtiges zu leisten. Zunächst hatte sie an der Sorbonne Recherchen für ihr nächstes Buch »Ein Blick auf die Heldentaten der Wikinger« vornehmen wollen, das schon lange unter anderen Manuskripten auf ihrem Schreibtisch lag. Auf einem Julklapp des Stockholmer Adels zugunsten der Arbeiterkinder war sie von einem alten Geschichtsprofessor darauf hingewiesen worden, daß dort noch bisher Unbekanntes zu diesem Thema zu finden sei.

Zwar war ihr klar gewesen, daß die heilige Birgitta von Schweden und die Wikinger wenig interessant für die sein würden, mit denen in Paris zusammenzutreffen sie sich vorgestellt hatte. Aber wer hatte denn wirklich Katherine Mansfields »Seligkeit« oder Cummings »Ungeheuren Raum« gelesen? Hier lebten alle doch nur im Dunstkreis gewisser Namen und trafen sich in der Nähe des Hotels Marighan oder Hotels Select in der Brasserie Balzar in der Rue des Ecoles. Allerdings hatten die Voraussetzungen, unter denen sie diese Reise dann antrat, wenig zu tun mit denen, unter denen sie sie eigentlich hatte antreten wollen. Den kleinen Vorschuß, der ihr bei Erscheinen des Buches gezahlt worden war, hatte sie längst verbraucht, und Resonanz hatte es so gut wie keine gegeben. Trotzdem hatte sich Gerda auf den Weg gemacht, überzeugt, nicht allein ihren »Auftrag« erfüllt, sondern die Wiederentdekkung der heiligen Birgitta im Bewußtsein Mitteleuropas, sechshundert Jahre nach ihrem Tod, eingeleitet zu haben. Nur ihr Gepäck hatte sie, den Umständen entsprechend, reduziert und den Koffer mit der großen Garderobe für Presseempfänge zu Hause in der Stockholmer Wohnung gelassen.

Zwei Mieten im voraus hatte ihr der gehbehinderte

Theologiestudent gezahlt, weil er, wie er ihr offen eingestanden hatte, nur so sicher gewesen war, daß sie wirklich abreisen und ihn in ihrer Wohnung mit der damals noch außerordentlich gut bestückten Bibliothek allein lassen würde. Und Gerda, um der guten Tat willen und nicht nur wegen des Geldes, hatte ihm gern alles zur Verfügung gestellt. Theosophische Schriften, einige verstaubte Abhandlungen über Spiritismus, Märtyrer- und Ketzerbiographien. Daß der Student irgendwann auch den Stapel der unverkauften Exemplare ihres in ihrem fünfunddreißigsten Lebensjahr im Selbstverlag unter Pseudonym herausgegebenen Buches in der hintersten Ecke der Speisekammer gefunden haben mußte, war ihr später bei Durchsicht der Unterlagen des Altpapierhändlers klargeworden, den sie bei der Auflösung der Wohnung, etwa ein Jahr später, um Inzahlungnahme der Exemplare gebeten hatte. Eins weniger, als bei ihrer Abreise noch vorhanden, hatte er angegeben. Aber sie hatte dem Studenten, da sie sich nicht eingestehen konnte, sich in seiner Integrität geirrt zu haben, diesen Diebstahl als Takt ausgelegt. 182 Exemplare »Königsweg« von Berta Bengtsson, in rote Seide gebunden, in der Speisekammer! Alle weiteren Fragen hatte er sich, ganz eindeutig, durch die Mitnahme eines Exemplars selbst beantwortet.
Paris.

Mit einem Honorar auf dem Konto hätte sich Gerda von Croneborg selbstverständlich ein gutes Hotel geleistet. So, nur mit zwei Monatsmieten eines gehbehinderten Theologiestudenten ausgerüstet, war das zufällige Wiedersehen mit Vincent de Conze, in den sie sich kurz vor ihrem zweiundvierzigsten Geburtstag auf einer Expedition von Jaffa nach Kairo verliebt hatte, ein großes Glück gewesen. Nebeneinander auf einer Bank im Jardin du Luxembourg sitzend, sprachen sie einander an, erkannten sich wieder, und Vincent lud sie sofort ein, bei sich zu wohnen.

Gerda sah sich in seiner Wohnung am Eßtisch sitzen. Es war Vormittag, durch die hohen Fenster fiel in Streifen das weiße Licht der Wintersonne, schwebend bewegten und drehten sich große Staubflocken auf dem Parkett. Sie hatten gefrühstückt, und Vincent hatte sich von oben bis unten mit Ei bekleckert.

»Woran hast du mich eigentlich erkannt?« hörte sie sich bei dem Versuch, ihm beim Entfernen der gelben Flecken behilflich zu sein, fragen. »Es ist über zwanzig Jahre her, daß wir uns gesehen haben, und so hübsch wie damals bin ich bestimmt nicht mehr.«

»Dein Französisch ist immer noch genauso miserabel«, sagte er und versuchte aufzustehen.

Gerda konnte sehen, wie peinlich es ihm war, ihr schon beim ersten gemeinsamen Frühstück Grund für die Annahme gegeben zu haben, er brauche

Hilfe. Vincent de Conze war damals zweiundachtzig Jahre alt. Früher hatte er Filme gedreht, hatte Hollywood einmal von innen gesehen und Greta Garbo im Swimmingpool. Er hatte viel Geld verdient, viele Freunde gehabt und sechsmal sein Ja-Wort gegeben. Inzwischen aber, wie er lachend zu Gerda sagte, waren alle seine Frauen gestorben. Er war allein, und gelbe Flecken waren nicht das einzige, was ihm Sorge bereitete. In ein Altersheim zu gehen wäre einem solchen Mann niemals in den Sinn gekommen.

Schon beim Betreten der Wohnung hatte Gerda begriffen, welchen Umständen sie die so rasch und ohne Umschweife ausgesprochene Einladung zu verdanken hatte. Rechts von der Garderobe lehnte, senkrecht an der Wand, ein offener Sarg.

»Man kann ja nie wissen«, hatte Vincent entschuldigend gesagt, »ehe der Tod kommt, möchte ich mich wenigstens noch selbst zur letzten Ruhe betten.«

Gerda hatte sich eins der vielen Zimmer in der großen Wohnung auswählen können, in der ersten Nacht wachgelegen und überlegt, was sie tun sollte. Wo dachte er hin!

Schließlich war sie, auch wenn es schwer zu beweisen war, als Schriftstellerin nach Paris gekommen. Sie hatte mit Künstlern diskutieren, ins Theater und in die Oper gehen, aber keineswegs einem alten Mann den Haushalt besorgen und eines Tages vielleicht für seine Pflege verantwortlich sein wollen. Trotzdem räumte sie in den nächsten Tagen erstmal auf, ließ sich aus seinem Leben erzählen und genoß es, das war ihr anzusehen, endlich einmal wieder aufwendige Menüs zubereiten zu können. Fünf Gänge machten ihr einige Wochen lang Spaß. Der Delikatessenhändler brachte alles ins Haus, was sie haben wollte, im Schrank entdeckte sie ein wunderbares Geschirr mit Faunen-Dessin und echten Jugendstilleuchtern. Vincent ließ sich die Arrangements mit Blumen und Tischdecke gefallen und fand es amüsant, nach langer Zeit einmal wieder Kaviar und Krebsfleisch bei Kerzenlicht und nicht aus der Dose zu essen. Hin und wieder akzeptierte er sogar eine umgebundene Serviette. Gerda stellte beglückt fest, daß dies doch der eigentliche Lebensstil für sie sei. Hier mußte nicht mit Geld gespart werden. Alles, worauf sie seit langem hatte verzichten müssen, war selbstverständlich. Champagner und Wein.

Nach sechs Wochen fragte Vincent: »Willst du nicht bleiben, für immer?«

Und da dieses »immer« auf wenige Wochen, vielleicht aber noch auf Jahre hätte hinauslaufen können, zögerte Gerda mit ihrer Antwort und sagte dann vorsichtshalber: »Wenn der Sarg wegkommt, eine Weile.«

Und sie schleppten den schweren Sarg, mit einer Tischdecke verhüllt, auf den Balkon.

In den darauf folgenden Wochen überlegte Gerda sich, welche Rolle sie bei Vincent de Conze in seiner Wohnung in Paris übernehmen sollte. Vor sich selbst und vor den Nachbarn. Wer war sie hier? Gast, Haushälterin, Geliebte? Das letzte kam wohl kaum noch in Betracht. Dafür waren sie beide zu alt.

Wenn sie nun bei ihm geblieben wäre, damals, nach der Expedition von Jaffa nach Kairo, und sich nicht wieder ihrer evangelischen Reisegesellschaft angeschlossen hätte? Wie wäre das Leben an der Seite eines soviel älteren und auf Dauer gewiß komplizierten Mannes weitergegangen, und was wäre heute? Sicherlich hätte sie ihn auf vielen Reisen begleitet und immer in den schönsten Hotels gewohnt. Vielleicht hätte sie noch andere Männer kennengelernt? Oder hätte er sie sitzengelassen, irgendwann? Wahrscheinlich, höchstwahrscheinlich! Vincent de Conze war nicht der Mann, der sich einer Laune unter blauem Himmel verpflichtet gefühlt und zwanzig Jahre lang treu geblieben wäre. Da war sie anders. Und deshalb hatten sie nicht zusammengepaßt. Sie hatte Per ihr Wort gegeben und außerdem damals gerade eine Pilgerschaft für die heilige Birgitta versprochen – an eine andere Instanz.

Aber als Gerda von Croneborg sich jetzt in der Pariser Zeit wiedersah, mußte sie sich eingestehen, daß sie Vincent de Conze damals keineswegs aus uneingeschränkter Treue absurden Versprechen gegenüber hatte ziehen lassen. Der Abschied im Hafen von Haifa vor zweiundzwanzig Jahren war nicht aufgrund ihres starken Charakters erfolgt, auf den sie sich immer soviel eingebildet hatte, sondern allein dem zuzuschreiben, daß Vincent de Conze die entscheidende Frage, die er, als Greis, in seiner heruntergekommenen Pariser Wohnung an sie zu richten schamlos genug war, als Mann von sechzig Jahren nicht gestellt hatte.

Nicht sie, sondern er hatte sich zum Abschied entschlossen. Damals. Bestürzt gewahrte Gerda jetzt ihren Hochmut und ihre Eitelkeit. Und ihre Selbstsicherheit schwand.

Haushälterin auf Dauer war selbstverständlich nicht in Frage gekommen. Und das war in dem Augenblick klar, vor allem Vincent, als Gerda die Öffnungszeiten der Bibliothek einholte, sich einen Leseausweis und ein dickes Lexikon besorgte. Und mit diesen, wie sie gemeint hatte, wichtigen Requisiten, war auch die Rolle des Gast-Seins entfallen. Sie hatte sich als Schriftstellerin akzeptiert geglaubt.

Inzwischen war der Winter vergangen und in Paris der Frühling eingezogen. Im Mai feierte Gerda mit ihrem zweiundachtzigjährigen Freund bei einer besonders teuren Flasche Wein ihren fünfundsechzigsten Geburtstag. Froh, in der Fremde zu sein und für

ihre Familie kein Fest ausrichten zu müssen. Denn alles wollte sie für ihren Siebzigsten auf Skansen sparen.
Die Nachbarn im Haus lösten das Problem auf ihre Weise, nannten die Gräfin Gerda von Croneborg »Madame septième« und schenkten den Büchern, die Gerda in Netzen durchs Treppenhaus trug, keine besondere Beachtung. Bei Vincent de Conze hatten sie anscheinend schon ganz andere Dinge gesehen. Gerda telegraphierte an ihre Tochter: »War sehr krank. Bleibe noch«, und gab als Adresse das nächste Postamt an. Selma antwortete: »Schön, daß du noch lebst.«
Das empfand Gerda als Zynismus und hatte es ihrer Tochter sehr übelgenommen. Und erst jetzt bemerkte sie, daß sie während des ganzen Winters bei Vincent de Conze in Paris niemals daran gedacht hatte, wie besorgt Selma um sie gewesen sein mußte. Ohne eine Nachricht zu hinterlassen, war sie aus der Pension verschwunden.
Der Theologiestudent war, wie Gerda später erfuhr, zu der Zeit schon längst ausgezogen und hatte den Schlüssel der Nachbarin übergeben. Mit der Bibliothek sei er fertig. Und ehe er anfinge, Hellseher zu werden, wolle er sich doch lieber wieder der Bibel zuwenden, hatte er zu Selma am Telefon gesagt, die sich bei ihm nach dem Verbleib ihrer Mutter erkundigt hatte.

»Ich habe es gleich gewußt, daß diese Bücher nichts für ihn waren.« Gerda war unerbittlich, als Selma ihr später in Hamburg alles erzählte, und verschwieg dabei, daß sie ohne seine Miete gar nicht hätte reisen können.

Alle ihrer Meinung nach höchst dramatischen Berichte über Paris ließ Gerda in dem Seufzer: »Wenn ich doch nur nicht so krank geworden wäre!« gipfeln. Und es störte sie nicht, daß es von ihr anders gemeint war, als es ihre Zuhörer verstanden.

Denn tatsächlich, als in Paris der Sommer zu Ende ging, erlitt Gerda einen solch starken arthritischen Anfall, daß sie die Wohnung nicht mehr verlassen und sich in den zehn Zimmern nur noch in einem Klapprollstuhl fortbewegen konnte. Das war eine schlimme Zeit! Eindeutig, ein Gottesurteil, umgehend erfolgte Strafe dafür, daß sie ihre Tochter angelogen hatte. Wer Krankheiten vorgibt, wird auch krank! Aber womit sonst hätte sie ihr langes Schweigen und ihr langes Bleiben in Paris begründen sollen? Sie, die immer versucht hatte, allen beizubringen, daß man voneinander hören, gegenseitig, an Freud und Leid, Anteil nehmen müsse und daß es in einer guten Familie nicht mit Geburtstagsbriefen, die immer zu spät eintrafen, und mit Postkarten, Monate nach dem Erhalt eines Geschenks, getan sei.

Jetzt sah Gerda, wie dumm das alles gewesen war.

Geradezu lächerlich! Und wie einfach ihre Eitelkeiten zu durchschauen.
Als Schriftstellerin hatte sie in Paris selbstverständlich nicht Fuß fassen können. Und für Recherchen über die Wikinger hatten ihre Französischkenntnisse nicht gereicht. Eigentlich hatte sie nur die Hilflosigkeit eines alten Freundes ausgenutzt, ohne auch nur das geringste Interesse für ihn und seine Situation aufgebracht zu haben.
Vincent hatte bald seine alten Gewohnheiten, schon zum Frühstück Rotwein zu trinken und Stunden über Stunden im Jardin du Luxembourg zu sitzen, wieder aufgenommen. An den Arrangements bei Tisch verlor er ziemlich rasch das Interesse und an ihr, als sie sich weigerte, bis an sein Ende für ihn zu sorgen, auch. Die Gespräche am Tisch verstummten, immer öfter saßen sie sich nur noch schweigend gegenüber.
Es war nicht zu übersehen: Vincent wollte sie lossein. Höchste Zeit für sie, abzureisen! Und dennoch hatte sie gewartet. Auf etwas, das ihr das Gefühl, schon lange hinausgeworfen worden zu sein, wieder hatte nehmen und sie gleichzeitig von jeglicher Schuld hatte freisprechen sollen, wenn sie einen alten, hilflosen Freund im Stich ließ. Denn sie hatte gemeint, doch noch so viele wichtigere Aufgaben vor sich zu haben, damals.
Gottlob, das Gottesurteil. Der arthritische Anfall.

Dieser, so hatte sie es empfunden, hatte alles regeln und zum Guten wenden sollen.
»Es ist besser so, Vincent, für uns beide«, sagte sie beim Abschied. »So wäre ich nur eine Belastung für dich.« Und sie ließ sich, es war inzwischen Herbst geworden, im Rollstuhl zum Bahnhof bringen, obwohl die Schmerzen längst nachgelassen hatten.
Und als sie etwa ein Jahr später, über Umwege im Kloster Lüne die Nachricht erhielt, Vincent de Conze, schwerkrank und leidend, habe, in seinem Sarg liegend, Gift genommen, schlug sie ein Kreuz über sich und sagte: »Der gottlose Hund!« Sie hatte sich an seinem Tod nicht schuldig gefühlt.
Gerda ergriff, als sie das jetzt vor sich sah, ein eigenartiges Gefühl der Trauer. Trauer um Vincent de Conze in seiner Todeseinsamkeit und seiner am Ende eines aufregenden Lebens vollkommenen Verlassenheit. Und Trauer über sich selbst.
Über diese Frau, die ihr Leben verbracht hatte, ohne daß sie es so, wie es wirklich gewesen war, hätte wahrhaben wollen: selbstkonstruierten Wahnvorstellungen, auserwählt zu sein und geprüft zu werden, verhaftet und im starren Festhalten an einem absurden Versprechen. Niemals hatte sie sich anderen liebevoll zugewandt und niemals mit anderen wirklich Mitleid empfunden.
Nach ihrer Rückkehr aus Paris, während eines kurzen Aufenthalts in Hamburg, gab sie unter dem

Vorwand, »nie werde ich wieder nach Stockholm zurückkehren, in diese Stadt, in der ich so viele Kränkungen habe erdulden müssen«, Selmas Drängen nach, löste ihre Wohnung in der Södergatan auf und ließ die Möbel auf den Speicher bringen.
»Warte doch ab, was kommen wird, Mutter. Wenn du erst wieder richtig gesund bist, werden wir ja sehen, wie das Leben weitergeht«, sagte Selma. Und Gerda hatte gedacht, du wirst dich noch wundern, und zog ins Kloster.

War ihre Mutter eigentlich nicht normal?
Selma erschrak. Mühsam hatte sie ihre kleine Tochter überreden können, ein Nachthemd anzuziehen, hatte selbst nur ihr Kleid ausgezogen und sich im Morgenmantel aufs Bett gelegt. Um das Kind zu beruhigen, hatte sie eine Weile so getan, als ob sie schliefe, und alsbald erleichtert gleichmäßiges Atmen aus dem Bett an der gegenüberliegenden Wand vernommen.
Noch nie, dachte Selma, hatte sie sich diese Frage ernsthaft gestellt, obwohl sie doch auf der Hand lag, seit Jahren. Eigentlich so lange sie zurückdenken konnte. Was war von einer Frau zu halten, die, ohne jemals Rücksicht auf andere zu nehmen, immer nur das getan hatte, was ihr selbst wichtig war, worauf sie aus unverständlichsten Launen heraus gerade Lust empfunden hatte? Ein Leben lang?
Ein Leben lang? Selma stutzte. Es war ja noch nicht zu Ende, ihre Mutter lebte ja noch!
Wie oft hatte sie zu ihr gesagt: Warte ab, was kommen wird, und dabei im stillen gehofft, daß ihre Mutter sich vielleicht noch ändern und eines Tages alles anders werden würde. Und mit dem heutigen Abend hatte sie ja auch irgend etwas Außergewöhnliches beabsichtigt, irgend etwas hatte auf ihn folgen sollen. Denn was bedeuteten in dieser Familie schon siebzig Jahre? Onkel Knut war sechs Jahre älter, der Großvater war neunzig und die Großmutter neun-

undachtzig geworden. Also? Da stand noch einiges bevor. Aber was? Und, konnte man sie gewähren lassen, wenn sie vielleicht nicht normal war?
Oder originell? Selma überlegte. Wie oft hatte sie diesen Ausdruck im Zusammenhang mit ihrer Mutter gehört. Aber, traf er eigentlich zu? Dieser Abend zum Beispiel, war er originell gewesen? Äußerlich schon. Aber wie sah es hinter den Kulissen aus? Auflösung der Wohnung, Pfandhaus, Verarmung. Und zuletzt Flucht mit einem Klarinettenspieler? Nicht schlecht. Ziemlich rasant, diese Gräfin Gerda von Croneborg mit ihren siebzig Jahren, dachte Selma. Zu gerne hätte sie gewußt, ob alles von Anfang an so geplant gewesen war oder ob sich ihre Mutter plötzlich aus dem Staub gemacht hatte? War etwas schiefgelaufen oder hatte etwas ihren Vorstellungen nicht entsprochen? Alle waren doch ausgesprochen nett zu ihr gewesen. Ob ihre Mutter, wenn sie wieder aufgetaucht war, wohl die Rechnung bezahlen könnte? Selma fühlte sich müde und elend. Wie oft hatte sie versucht, vernünftig mit ihr zu reden. Aber immer hatte es nur Streit gegeben.
»Wenn du nur einmal zugeben könntest, daß auch du Fehler in deinem Leben gemacht hast«, hatte sie vor Jahren einmal zu ihrer Mutter gesagt, und die Antwort war prompt und unmißverständlich erfolgt: »Fehler? Ich? Niemals. Alles, was schiefgelaufen ist, liebes Kind, ist nicht meine Schuld gewesen.

Gegen mich haben unsichtbare Kräfte operiert, wenn du verstehst, was das heißt. Auch deine Erbschaft ...«

»Schon gut, Mutter.« Sie hatte sie unterbrochen, weil sie genau wußte, was kommen würde. Zu diesem Thema hatte sie von ihrer Mutter, ehe diese zwei Jahre vor ihrem sechzigsten Geburtstag lange Zeit in Portugal untergetaucht war, einen wirren Brief erhalten. Und sie wollte ihr damals nicht die Gelegenheit geben, alles erneut aufs Tapet zu bringen.

»Du willst mich nicht anhören!« Ihre Mutter war auf die Unterbrechung hin sehr laut geworden, und Selma hatte sich geschworen, nie wieder solche Gespräche zu suchen. Nie würden sie sich verstehen. Ständig hatte ihre Mutter ihr und anderen Vorhaltungen gemacht, sie ermahnt, wie ein Leben zu führen sei, wobei ihr eigenes vollkommen unberührt von diesen Einsichten geblieben war.

Allein das Inhaltsverzeichnis des nie erschienenen Buches ihrer Mutter, »Des Menschen Schulden an das Leben«, von dem diese ihr Anfang der fünfziger Jahre eine Abschrift mit der Widmung »Meiner Tochter als Orientierung in den Stürmen des Lebens« zugeschickt hatte! Selma erinnerte sich, wie wütend sie gewesen war. Keinen zweiten Blick hatte sie in das Manuskript geworfen, weil sie wußte, was ihre Mutter ihr damit hatte sagen wollen: Seit über acht Jahren verheiratet und immer noch kein Kind! Erst 1952, zehn Jahre nach ihrer Hochzeit, war Arne und drei Jahre später die kleine Gerda auf die Welt gekommen. Skandalös.

Ihre Mutter sei, so hatte Onkel Knut ihr einmal anvertraut, halb wahnsinnig gewesen, als sich nach ihrer Hochzeit so lange kein Kind hatte einstellen wollen. Und, um die Schuld daran von sich wegzuschieben, habe sie üble Gerüchte über Arnold in Umlauf gebracht, die diesen sehr gekränkt und die Ehe schwer belastet hätten. Die Theorien ihrer Mutter, Ende der zwanziger Jahre im Saal des Wohlfahrtsverbands in Stockholm unter dem Thema »Die neue Frau« vorgetragen, waren also keineswegs aus eigenen Einsichten und Verhaltensweisen hervorgegangen, wie Selma eine Zeitlang anzunehmen geneigt gewesen war.

»Kein Wunder« war der einzige Kommentar ihrer Mutter, damals, als Jakob und sie sich getrennt hatten. Abgesehen davon, daß sie ihn – von Anfang an – nicht hatte leiden können, war ihr die Form, in der sie ihre Ehe geführt hatten, suspekt gewesen.

Darüber, daß ihre eigene Ehe nach neun Jahren geschieden worden war, ein Skandal damals, hatte sie nie ein Wort verloren. Für Selma war der Vater tabu gewesen, und sie hatte aufgehört, nach ihm zu fragen, als sie ein von ihm geschenktes Schmuckstück hatte zertreten müssen und nicht begriffen hatte, warum.

Originell, rücksichtslos oder nicht normal?
Was auch passiert sein mag, dachte Selma, und auch wenn Knut ihr morgen schreckliche Vorhaltungen machen würde, als erstes würde sie versuchen zu klären, ob man Mitleid mit ihrer Mutter haben müsse.
Draußen auf dem Flur hörte sie die große Wanduhr halb vier schlagen.

Stockholm. Södergatan.
Lehrerin. Birgittas Bett. Das Buch.
Gerda sah sich in Stockholm. Es war März.
Überall lag noch Schnee. Die Kinder trugen Stiefel und Pelzmützen und rote Fausthandschuhe. Diese lustigen pausbackigen Kinder, alle blond.
»Fröken?«
Das neue Fröken wußte auf jede Frage eine Antwort und war zunächst sehr beliebt.
Überzeugt davon, daß »Fräulein« immer noch die beste Anrede für eine Lehrerin sei, hatte Gerda von Croneborg sie gewählt und sich damit, über sechzig Jahre alt, an der Freien Schule in Stockholm beworben.
Nachdem ihr Buch über die heilige Birgitta nicht, wie geplant, im Herbst erschienen und ihre ökonomische Situation äußerst brisant geworden war, hatte sie sich nicht anders zu helfen gewußt, als vorübergehend einen bürgerlichen Beruf zu ergreifen.
Lehrerin. Nebenbei hatte sie in den Abendstunden in Ruhe die vom Verleger gewünschte Überarbeitung des Manuskripts vornehmen und in spätestens einem halben Jahr aus der Misere heraussein wollen.
Gleich nach ihrer Rückkehr aus Santiago de Compestela, im vorangegangenen Spätsommer, hatte sie, wie verabredet, ihr Manuskript eingereicht, zum Herbst mit seiner Veröffentlichung gerechnet und

sich sehr gewundert, als es ein paar Wochen später plötzlich wieder auf ihrem Tisch gelegen hatte.
»Bitte straffen!«
Wie, bitte?
Daß das bedeutete, fast zweitausend Seiten auf dreihundert zu kürzen, begriff Gerda erst sehr viel später. Drei Jahre dauerte der schmerzliche Prozeß, der für Autorin und Lektorat mehr und mehr zum erbitterten Kampf wurde.
Zunächst war Gerda nur über die Verzögerung, so hatte sie das Schreiben ihres Verlegers gedeutet, erbost gewesen. Denn abgesehen davon, daß sie der Verzicht auf den vereinbarten Vorschuß geschmerzt hatte, war ihr ausgeprägter Sinn für Arrangements, für Höhepunkte, empfindlich gestört worden. Im Jahr ihres sechzigsten Geburtstags sollte ihre Pilgerschaft für die heilige Birgitta, auf die sie sich achtzehn Jahre zuvor innerlich und dann auch äußerlich gemacht hatte, in Santiago de Compostela zu Ende sein und noch im Herbst desselben Jahres das Buch über sie erscheinen. Die Wiederentdeckung dieser bedeutenden Heiligen: ein Fest zu ihrem eigenen Fest.
Daß damit auch ihre finanziellen Nöte ein Ende haben sollten, in die sie, wie sie überzeugt gewesen war, immer wieder, allein durch die ihren Intentionen und hohen Zielen feindlich gegenüberstehenden Mächte geraten war, hatte sie als selbstverständ-

lich hingenommen und gelassen mit der Rückkehr eines gewissen Wohlstands gerechnet.
Statt dessen aber war sie mit Beginn des Winters außerstande gewesen, die Miete für ihre vier Zimmer in der Södergatan zu bezahlen, und hatte sich, in der Gewißheit seiner besonderen Wirkung, am Luciatag, anstatt im Gemeindehaus beim Einzug der Mädchen mit Lichterkranz, Kaffee und Gebäck dabeizusein, einsam in ihren Salon zurückgezogen, um ernsthaft zu überlegen, was zu tun sei.
Das letzte der wertvollen Ölgemälde aus ihrer Erbschaft hatte ihr Bruder schon lange vorher auf ihre Bitte hin zurückgekauft, alle echten Schmuckstücke lagen bereits im Pfandhaus, ohne Bargeld war sie von ihrer langen Reise aus Spanien zurückgekehrt. Und wie schon drei Jahre zuvor der Versuch mißlungen war, ihrer Tochter die eigentlichen Ursachen für ihre Verschuldung in einem langen Brief mitzuteilen, hatte sie auch mit einer erneuten Bitte um Unterstützung nichts mehr erreicht. Ein flüchtiger Brief, dem einhundert Mark beilagen, war die einzige Reaktion gewesen.
Allmählich empfände sie es als sinnlos, teilte Selma ihrer Mutter mit, ein Faß ohne Boden zu stopfen. Außerdem sei sie seit der Geburt der kleinen Gerda im März noch immer sehr geschwächt und das Verhältnis zwischen Jakob und ihr so gespannt, daß sie ihn nicht mehr um Geld für seine Schwiegermutter

bitten könne. »Bitte verschone mich mit weiteren Schauergeschichten deiner Armut.«
Gerda war außer sich gewesen vor Wut. Hatte es so etwas schon jemals gegeben auf der Welt, eine Tochter, die ihre Mutter im unverschuldet über sie gekommenen Elend sitzen ließ? Und sie hatte sich für die in ihren Augen läppischen einhundert Mark sofort ein Paar Seidenstrümpfe und einen neuen Hut gekauft. Der kleine violette, den sie aus Spanien mitgebracht hatte, war ihr ohnehin zu schäbig.
Nur was ihr selbst wichtig war, hatte sie interessiert, bemerkte Gerda jetzt mit Bestürzung. Nicht ein einziges Mal hatte sie sich in jener Zeit nach Selma und dem Wohlergehen der kleinen Gerda erkundigt. Wie beschämend, immer nur Forderungen gestellt zu haben! Also nicht nur äußerlich arm war diese unförmige Frau gewesen, die damals hinter verschlossenen Vorhängen am Luciatag einsam in ihrem Salon gesessen hatte. Gerda verspürte kein Mitleid mit ihr.
Dringend hatte Gerda von Croneborg ein festes Einkommen gebraucht, und das war – wie so manches andere auch – nicht herbeizuzaubern. Welchen Beruf hätte sie ergreifen sollen, schon über sechzig Jahre alt, damals?
Lehrerin!
Schließlich hatte sie vor fünfundzwanzig Jahren, als sie nach ihrer Beschäftigung mit schwarzer Magie

aus Schweden hatte fliehen müssen, in Süddeutschland eine Ausbildung an jener Freien Schule gemacht, von der inzwischen auch in Stockholm eine gegründet worden war. Wie glücklich war sie, als ihr das an jenem dreizehnten Dezember wieder eingefallen war, und sie hatte Santa Lucia für die Hilfe gedankt und noch am selben Abend ihre Bewerbung abgeschickt.

»... im Zenit meiner geistigen Entwicklung stehend, war es schon immer mein Wunsch, mich Kindern zur Verfügung zu stellen. Hochachtungsvoll Gräfin Gerda von Croneborg, Souverän ihrer physischen Kräfte. 13. Dezember 1955.«

Diesen Nachsatz hatte sie für außerordentlich wichtig erachtet, um möglichen Fragen nach ihrem Gesundheitszustand im Hinblick auf ihr Alter vorzubeugen. Und gerade ihn empfand sie jetzt, während sie diese umständliche und verlogene Bewerbung wieder vor sich sah, als besonders peinlich.

Gleich nach Weihnachten war Gerda von Croneborg als Fröken für die erste Klasse eingestellt worden. Befristet auf ein Jahr. Chaotisch waren die Zustände. Ständig mußte sie sich etwas einfallen lassen zur Rettung des Schulsystems, der Kollegen und ihrer eigenen pädagogischen Fähigkeiten.

Sie sah sich in Windeseile Masken aus zerschlissenen Malschürzen schneiden, hinter denen verborgen die Schüler den Beamten des Hygienischen Instituts, die ohne Voranmeldung zur Überprüfung der sanitären Verhältnisse erschienen waren, einen Empfang nach ihren, Gerda von Croneborgs Vorstellungen bereiten sollten. Vor jeder schlecht geputzten Toilette – eine Putzfrau hatte sich diese Schule damals noch nicht leisten können –, vor jedem schmutzigen Waschbecken stießen die Herren auf mittelhochdeutsche Verse rezitierende Masken. Über Treppen und Gänge, der Kommission immer voraus, eilten die kleinen Vermummten.

»Phol ende Uodan Vuoron zi holza …«

Die ganze Untersuchung geriet zur Farce. Die Beamten verstanden nichts, lachten nur verlegen und tranken pappbecherweise den von Fröken Gerda unterdessen in der Schulküche gebrauten Holunderschnaps. Merkwürdig angeregt waren sie nach Hause gegangen und hatten bis auf weiteres von Überprüfungen dieser Schule abgesehen. Wahrscheinlich, wie Gerda damals vermutet hatte, weil ihnen das Ganze im nachhinein peinlich gewesen und keiner von ihnen sich hatte erklären können, wie es zu diesem Mummenschanz gekommen war. »Seht ihr«, sagte Fröken Gerda später zu den Kindern, »für manche Situationen im Leben können alte Zaubersprüche und Holunderschnaps genau das Richtige sein.« Und die Kinder, vor allem aber die Kollegen hatten ihr diesen eigenwilligen Lehrstoff verziehen.

Im stillen war Gerda froh darüber gewesen, daß sie etwas von ihren Kenntnissen, die sie mehr als fünfundzwanzig Jahre zuvor im Haus des Gelehrten und Spiritisten Otto von Wolkenstein erworben hatte, wodurch sie beinahe um den Verstand gekommen war, endlich einmal erfolgreich hatte anwenden können. Ein bißchen – und davon war sie nicht abzubringen gewesen – hatte sie die lästigen Beamten verhext.

Aus dem vorgesehenen einen Jahr an der Freien Schule wurden zwei, und noch immer war Gerdas Buch nicht erschienen. Die Kollegen hatten ihr erlaubt zu bleiben.

In dieser Zeit hatten die Auseinandersetzungen zwischen Autorin und Lektorat ihren Höhepunkt erreicht. Endlose Diskussionen, heftige Briefe. Hin und wieder gab es so etwas wie einen Waffenstillstand, zermürbende Pausen beleidigten Schweigens. Die Umarbeitung des Manuskripts auf Lesermaß war für alle Beteiligten zur Tortur geworden. Gerda wollte es nicht wahrhaben, daß sie es nur dem für das Buch inzwischen schriftlich bestätigten Interesse eines großen katholischen Verlags in Deutschland zu verdanken hatte, daß ihr schwedischer Verleger den Vertrag nicht längst gekündigt und sie, die störrische alte Dame, auf ihren Manuskriptseiten hatte sitzenlassen. Diese endlosen, vergilbten, inzwischen vollkommen verknickten Manuskriptseiten! Schon lange hatte sie den Überblick verloren. Und auch das wollte sie – wie alles andere – nicht wahrhaben.

Sie fühlte sich mißhandelt und gänzlich mißverstanden, und der Kampf für die heilige Birgitta wurde bitter. Abenteuerlich und entbehrungsreich genug waren die Reisen auf ihren Spuren gewesen, und nun hatte sie eigentlich die Früchte all dieser Entbehrungen genießen wollen.

»Wie stark die Widersacher gegen die Heiligen antreten!« Anstatt Fragen, wann ihr Buch denn erscheinen würde, zu beantworten, kommentierte Gerda die Situation auf diese Weise.

Zwischen den großen Szenen und Bildern aus den drei Jahren nach ihrem sechzigsten Geburtstag sah Gerda viele kleine und häßliche, wie sie jetzt empfand.

Sie sah sich Bittbriefe schreiben, bei einflußreichen Leuten vorsprechen und Gutachten für ihr Manuskript einholen. Dem uneinsichtigen Verleger hatte sie auf den Leib rücken wollen! Peinlich. Alles erschien ihr jetzt wie Katzbuckeln, widerwärtiges Einschmeichelnwollen, was sie an anderen immer gehaßt hatte und wovon niemals in ihrem Leben Gebrauch gemacht zu haben sie bisher fest überzeugt war. Wo war ihr Stolz geblieben? Die eindeutige Sprache in den gequälten Antwortbriefen hatte sie nicht wahrhaben wollen.

»Sehr interessant, vielleicht ein bißchen weitschweifig, fühle mich aber im Grunde genommen nicht genügend kompetent.«
In keinem der Briefe war Begeisterung zu spüren gewesen. Dieser umständlichen Schilderung eines Lebensweges, dieser Aneinanderreihung von Angelesenem, Halbverstandenem, durchsetzt von persönlichen Erlebnissen und pseudowissenschaftlichen Darstellungen religiöser und sozialer Verhältnisse hatte anscheinend niemand folgen wollen. Was allein hatten die vielen Abschriften sie gekostet! Völlig vernarrt in die Idee, eine große Schriftstellerin im Dienste einer Heiligen zu sein, war sie gewesen.
Und sie deutete es als eine Bestätigung und zögerte nicht lange, als ihr ausgerechnet in dieser Zeit von dem alten Antiquitätenhändler in der portugiesischen Hafenstadt Porto, dessen Frau sie während ihres Aufenthalts dort mit Zitronenmelisse von einem heftigen Fieber geheilt und dessen Spende an das Kloster in Santiago de Compostela sie persönlich überbracht hatte, das Bett der heiligen Birgitta angeboten wurde. Sie schenkte diesem Mann uneingeschränktes Vertrauen, und er ihr auch. Er akzeptierte ihr Telegramm: »Nach Empfang folgt Überweisung« und schickte die Kostbarkeit, in Teile zerlegt und wohlverpackt, per Schiff auf die Reise.
Dieses einzigartige Fundstück zu retten, empfand Gerda, so überspannt war sie, geradezu als Ver-

pflichtung und entschloß sich, da das Erscheinen ihres Buches noch immer ungewiß und ihr schmales Lehrerinnengehalt einer solchen Anschaffung nicht gewachsen war, trotz der beengten Wohnverhältnisse, in die sie sich seit ihrem Umzug in die Södergatan hatte schicken müssen, einen Untermieter aufzunehmen. Mit Beköstigung. So konnte sie eine noch höhere Miete verlangen und für das Bett sparen.
Und in den heißen Sommertagen, in denen Fröken Gerda mit ihren Schülern zum Baden hinaus in die Schären gefahren war – sie sah sich jetzt mit hochgekrempeltem weißen Rock, Schwimmbewegungen demonstrierend, wie ein flügelschlagender fetter Pelikan auf den Klippen zwischen nassen, quietschenden und springenden Kindern stehen –, zog ein erblindeter Musiker in die Wohnung ein. Dessen Schwester hatte Gerda auf ihre Anzeige hin geradezu angefleht, ihn aufzunehmen, weil er zu Anfällen neige und deshalb nirgends unterzubringen sei. In ihrer Nähe aber, davon sei sie fest überzeugt, werde er rasch genesen. Die heilenden Kräfte der Gräfin seien ja weithin bekannt. Gerda hatte es nicht weiter für nötig erachtet, sich genauer nach diesen Anfällen zu erkundigen – das würde sie mit einer speziellen Diät schon hinbekommen –, und, ermutigt durch den Glauben an ihre Fähigkeiten, eines der Zimmer für ihn hergerichtet. Das im voraus gezahlte Kost-

geld steckte sie in einen Umschlag für »Birgittas Bett«.

Später hatte sie sich oft gefragt, welch eine karmische Beziehung der erblindete Musiker Jan Svendsson zu Birgitta gehabt haben mochte. Denn er hatte – viele Abendstunden widmete sie zunächst ihm – die Wiederentdeckung der Heiligen entscheidend hinausgezögert und in einem dramatischen Augenblick sogar gänzlich in Frage gestellt. Im Winter nahmen seine Anfälle, die Gerda als eine Mischung aus Tobsucht und willentlich herbeigeführter Epilepsie diagnostizierte, trotz ihrer Diät zu, und auf dem Höhepunkt eines solchen Anfalls griff er mit zuckenden Bewegungen nach dem Manuskript und schleuderte es gegen den offenen Kamin. Nur um wenige Handbreit verfehlte er sein Ziel.

Gerda sah sich in ihrer Wohnung in der Södergatan erleichtert in den Sessel neben dem Kamin zurückfallen. Wie gut, daß Jan Svendsson erblindet war, hatte sie damals gedacht.

Wenn er doch getroffen hätte, dachte Gerda jetzt. Wenn all diese Seiten doch in Flammen aufgegangen wären, damals! Wieviel wäre ihr erspart geblieben. Und – aber das wurde ihr erst jetzt deutlich – anderen auch. Niemals hätte sie Vincent de Conze wiedergetroffen und ihn dann im Stich gelassen. Und vielleicht hätte sie sich mit ihrem Lehrerinnendasein allmählich abgefunden, wäre ihrer Tochter gegen-

über gerechter geworden und, zufrieden mit einem kleinen Gehalt, pensioniert worden.
Birgittas Bett war unvollständig. Und als sie das beim Auspacken feststellte, war es Gerda unendlich schwergefallen, sich damit abfinden zu müssen, einen Betrüger für einen guten Menschen gehalten zu haben. Und das bei ihren Fähigkeiten! Daß dieser Betrug aber insofern ein Glück war, als er ihr, ohne jemals ein Verfahren wegen Unterschlagung fürchten zu müssen, das Recht eingeräumt hatte, nur die Hälfte der abgesprochenen Summe nach Porto zu überweisen, verschwieg sie. Auf diese Weise reichte die in dem Umschlag angesparte Summe auch für den Zoll, der beim Empfang der Sendung im Hafen von Stockholm sofort zu entrichten war. Damit hatte Gerda, im Antiquitätenhandel vollkommen unerfahren, nicht gerechnet.
Am Tag nach der mühevollen Öffnung der Kiste kaufte sie sich zwei Flaschen Portwein und versuchte – einen erblindeten Musiker im Nebenzimmer, ein unvollständiges Bettgestell um sich herum auf dem Teppich verstreut –, einen Abend lang ihr trauriges Leben und die allgemeine Schlechtigkeit der Welt zu vergessen.
Am nächsten Morgen meldete sie sich in der Schule zum erstenmal krank.
Zwar hatte sie sich bei dem Gedanken, die vorhandenen Holzteile zu Bücherregalen und Leuchtern

umarbeiten zu lassen, wieder erholt, aber die Trauer über ihr armseliges Leben blieb.
Eindeutig: Die Kinder waren ihrer satt, und sie der kleinen Schar schon lange überdrüssig. Ihr Versuch, einen bürgerlichen Beruf auszuüben, war gescheitert. Und da ihr Manuskript inzwischen in Druck gegangen war und bis zur Präsentation des Buches in einer Stockholmer Buchhandlung nur noch wenige Wochen zu überbrücken waren, wagte sie zu kündigen. So schnell wie möglich wollte sie wieder nur Schriftstellerin sein, damals, Schriftstellerin mit großem Erfolg.
Auch Jan Svendsson schien gespürt zu haben, daß das, was er zu verhindern versucht hatte, nicht zu verhindern war. Und in seiner Verzweiflung darüber versuchte er in zwei außergewöhnlich heftigen Anfällen, seiner Wirtin körperlichen Schaden zuzufügen. Und nachdem sie mehrere Nächte, aus Angst davor, erneut von ihm angegriffen zu werden, schlaflos auf der Lauer gelegen hatte, fühlte sie sich zu einer Kündigung berechtigt, sozusagen außerstande, weiterhin die Verantwortung für ihn zu übernehmen.
Sie würde demnächst auf Lesereise gehen, sagte sie zu der erschrockenen Schwester am Telefon, und sich nicht länger um ihn kümmern können. Sie wäre ihr dankbar, wenn sie ihn so schnell wie möglich abholte. Ohnehin sei die Anfallneigung dank der

Diät schon stark zurückgegangen. Auf diese Weise war Gerda den lästigen, gewalttätigen Mieter rasch losgeworden und rüstete sich und ihre Wohnung für das, was kommen sollte: Empfänge von Journalisten und Literaten.

Zu der Buchpräsentation erschienen fünf alte Damen und eine Nonne, und gemeinsam mit dem enttäuschten Buchhändler ging ein trauriger Abend dahin. Vor der Tür lag über einen halben Meter Schnee. Und als der Buchhändler sie am nächsten Morgen anrief und fragte, womit sie sich das Ausbleiben der vielen, von ihr angekündigten einflußreichen Leute erkläre, für die er seine Buchhandlung einen Abend lang zur Verfügung gestellt habe, antwortete Gerda mit der Gegenfrage: »Haben Sie denn den hohen Schnee nicht bemerkt?«

Nach und nach war in der Speisekammer das Gebäck verschimmelt, und den kaltgestellten Wein trank Gerda von Croneborg in den nächsten Wochen allein. Nur eine Postkarte tröstete sie in ihrer Einsamkeit. Sie kam aus Malmö: »Habe dein Buch im Schaufenster gesehen!« Die Unterschrift war nicht zu entziffern.

Lange Zeit saß Gerda wie gebannt in ihrer Wohnung, wartete auf den Briefträger und das Läuten des Telefons und ging kaum noch zum Einkaufen und überhaupt nicht mehr unter die Leute. Fieberhaft durchsuchte sie jeden Morgen die eigens abonnierte Zeitung, ohne jemals eine Rezension zu finden.

Sie veruchte, sich einzureden, daß der Erfolg noch kommen und die erste Abrechnung alles an den Tag bringen würde. Und dann würden die Kritiker sich umschauen müssen. Sie hatte sich bereits zur literarischen Reise nach Paris entschlossen und würde nicht mehr erreichbar sein. Zum Glück bot sich die günstige Gelegenheit, ihre Wohnung an einen gehbehinderten Studenten der Theologie zu vermieten, und mit einsetzendem Winter reiste Gerda von Croneborg ab.

Stockholm. Bildhuggarvägen. Der Brief.
Filmverleih, Bildhauerei und Urnen.
Die Zwangsversteigerung.

September 1953. »... hier in diesem Land werden immer mehr Skandale aufgedeckt, und ab und zu gelingt es, die Kräfte, die im Untergrund wirken, zu entschleiern. Vielleicht kommt irgendwann der Tag, an dem auch all das, was mir von Seiten der schwedischen Regierung angetan wurde, ans Licht kommt. Wie verheerend die Unsichtbaren am Werk sind, wird allmählich auch von der Allgemeinheit geahnt. Mir hat bisher kein Mensch jemals richtig geholfen, aber immer hat Gott im letzten Augenblick seine schützende Hand über mich gehalten.

Und so ist es mir gelungen, trotz Not und Einsamkeit, Lügen und Betrug anderer, durchs Leben zu kommen. Im Moment aber sieht es finster aus, und ich weiß mir nicht mehr zu helfen. Jetzt kann ich alles nur Gott allein überlassen. Daß meine Gesundheit dabei äußerst angegriffen ist, kannst Du Dir vorstellen ...«

Verworren und lang war der Brief, den Gerda von Croneborg in ihrer Stockholmer Atelierwohnung an ihre Tochter geschrieben hatte. Seiten über Seiten mit Rechtfertigungen und Anklagen, Vorwürfen und Beteuerungen. Einmal wenigstens hatte sie den Versuch unternehmen wollen, die Zusammenhänge darzustellen, die, nach ihrer festen Überzeugung, eigentlichen Gründe dafür zu nennen, daß das Herrenhaus etwas außerhalb von Stockholm, für dessen Erwerb sie zwei Jahre vor Ausbruch des Krieges die gesamte Erbschaft ihrer Tochter aufs Spiel gesetzt hatte, verloren war, daß die Zwangsversteigerung bevorstand.

Und es bedeutete für Gerda eine ausgesprochene Qual, jetzt diesen Brief deutlich vor sich zu sehen. Warum gerade ihn mit diesen Spekulationen über angebliche Zusammenhänge?

Dabei war alles doch so eindeutig. Sie hatte nicht haushalten können. Bereits vor dem Krieg hatten überflüssige Anschaffungen das Geld verschlungen, und nach der Verwüstung des Herrenhauses durch den Juden war auch nach dem Krieg keine der dringend notwendigen Instandsetzungsarbeiten ordnungsgemäß ausgeführt, geschweige denn jemals etwas zur Wirtschaftlichkeit des Hauses unternommen worden. Aussichtslos war es, unter diesen Voraussetzungen seriöse, zahlungsfähige Mieter zu gewinnen.

Im Lauf von sechs Jahren hatten sich nur Trinker und Asoziale für das heruntergekommene Anwesen interessiert und niemals pünktlich gezahlt. Aber Gerda hatte nicht sich selbst, sondern im Untergrund wirkende »Kräfte« für Mißwirtschaft und zunehmende Verschuldung verantwortlich gemacht.

»Dieser Tage mußte ich die Reparatur des Brunnens schon zum fünftenmal bezahlen – und damit du es nur weißt, ich habe für alles, was hier geschieht, keinerlei Beweise, Unterlagen oder Papiere, weil es mir an Kraft mangelt, darüber Buch zu führen.«

Ohne zu ahnen, wessen Handlanger sie in den Augen der Gräfin waren, betrogen die Handwerker sie schamlos, zumal sie sich nicht mehr die Mühe gemacht hatte, von ihrer Stadtwohnung aus hinauszufahren und die Arbeiten zu überwachen.

Sie hatte am Bildhuggarvägen versucht, zunächst einen Filmverleih aufzuziehen, sich dann mit Bildhauerei und später der Herstellung von Urnen beschäftigt. Alles andere war unwichtig für sie geworden. Fast sechs Jahre lang hatte sie von einem Künst-

lertum geträumt, von internationalem Erfolg und hohem Einkommen.
Ihr Bruder, den sie zuletzt ins Vertrauen gezogen und, um für Selma das Haus retten zu können, ausnahmsweise um Geld gebeten hatte, hatte nur gedroht, seine Nichte vor der eigenen Mutter zu warnen. Dem hatte Gerda zuvorkommen wollen und, tief gekränkt, den langen Brief an ihre Tochter geschrieben.
»Habe ich nicht mein Leben als Pfand dafür gegeben, Deine Interessen zu wahren?«
Selma war damals nicht ganz achtzehn Jahre alt gewesen, als Gerda, nach langen Reisen gänzlich mittellos nach Schweden zurückgekehrt, sie gedrängt hatte, der vorzeitigen Auszahlung des von der Großmutter auf die Enkelin überschriebenen Erbes zuzustimmen. Es sei ja nur zu ihrem Besten. Und Selma – was wäre ihr bei der strengen Mutter anderes übrig geblieben? – hatte unterschrieben und war zwei Jahre vor Ausbruch des Kriegs, noch während ihres letzten Schuljahres, Kindermädchen, Putzfrau und Kaninchenzüchterin im eigenen Haus geworden.
Mit großem Programm, wie Gerda von Croneborg es sich auf dem Balkon des Hotels Viktoria in Kairo in der letzten mit Vincent de Conze gemeinsam verbrachten Nacht vorgenommen hatte, war es losgegangen: Kinderheim mit Angorafarm. Beides

hatte für Jahre die Existenz sichern und die einzige Tochter fest ans Haus binden sollen.
Aber dann war alles ganz anders gekommen. Plötzlich war Jakob Pflug in Schweden aufgetaucht. Jener junge Deutsche, den Mutter und Tochter auf ihrer Rückreise von Jerusalem zufällig im Hause des Pianisten Arthur Klemp auf Ischia kennengelernt hatten und der Gerda zunächst ganz sympathisch gewesen war. Eines Nachts stand er – schwarz im Weiß – auf dem verschneiten Hof, der Hund schlug an, und Gerda ließ ihn, nichts Böses ahnend, ins Haus ein. Jedoch schon gegen Morgen reiste er wieder ab. Und Selma mit ihm. Dies hatte Gerda den beiden nie verziehen. Und dennoch: Als ein halbes Jahr später in Deutschland der Krieg ausgebrochen war, war sie den beiden nachgereist. Nach Berlin.
»Habe ich nicht mein Leben als Pfand dafür gegeben, Deine Interessen zu wahren, immer und wo ich konnte?«
Manche Sätze des langen Briefes zogen wiederholt an Gerda vorüber, und sie erschrak, weil es, wie sie jetzt sah, allein ihre eigenen Interessen gewesen waren, die sie verfolgt hatte. Und niemals die ihrer Tochter. Die hatte lediglich den Part der Nebenrolle übernehmen sollen in dem Stück, das sie, Gerda von Croneborg, für sich zu inszenieren gedacht hatte.
». . . wisse, daß Deine Mutter immer Dein Freund ist.« So hatte der letzte Satz des Briefes gelautet.

Gerda sah sich jetzt an dem kleinen Schreibtisch vor dem breiten Atelierfenster sitzen, und es kam ihr so vor, als sei sie von lauter Lügen umstellt. Ihre Umgebung, die Sätze ihres langen Briefes – alles Lügen, unter denen sie sich anscheinend selbst nicht mehr zurechtgefunden hatte. Eine etwas verwahrloste, alt gewordene Frau, hilflos in ihren Verstrickungen, nicht willens und nicht mehr fähig, sie zu durchschauen. Die Wirklichkeit hatte es für sie nie gegeben. Wirre, weißblonde Haare, zwei Sicherheitsnadeln hielten den Kittel geschlossen, den sie über ein blaues Samtkleid mit weißen Punkten gezogen hatte.

Um sie herum Gips. Gips, verstreut in Tüten, fest verkrustet in kleinen schwarzen Gummischalen, an Spachteln und Messern. Auf dem langen Brettertisch an der Rückwand des kleinen Ateliers Figuren, unkenntlich, zerbröckelt in ausgetrockneten Tüchern, auf dem Fußboden Krüge, Vasen und Vogelbecken. Auf den Rändern der Vogelbecken hockten Wesen, singenden Engeln ähnlich, und andere, vogel- und fischförmig zugleich. An die Tür waren Zeitungsausschnitte geheftet, längst vergilbte Anzeigen: »Schöne Skulpturen für Haus und Garten. Preisliste auf Anfrage. Gräfin Gerda von Croneborg. Bildhuggarvägen, Stockholm.«

Verstaubte Aktenordner voller Korrespondenz über den Filmverleih, und in der Ecke neben der Tür die

Urnen. Zwei Motive, unterschiedlich ausgearbeitet, Ähren und Sonnenräder. In einer Kiste am Fenster lagen noch Stapel des aufwendigen Prospekts, den sie für ihre Urnen-Kollektion eigens hatte anfertigen lassen und mit dem sie bei ihrer Tochter auf heftige Ablehnung gestoßen war. Denn unglücklicherweise waren die Exemplare, die sie Selma mit der Bitte um Weitergabe im Bekanntenkreis ein Jahr zuvor geschickt hatte, kurz nach Arnes Geburt in Hamburg eingetroffen, und unausgepackt als vermeintliches Geschenk für das Baby in die Klinik gelangt. Daraufhin hatte Jakob Pflug seine Schwiegermutter angerufen und gefragt, ob sie wahnsinnig geworden sei, die ganze Entbindungsstation habe kopfgestanden. Selma hatte ihrer Mutter später in unangenehm offizieller Art mitgeteilt, daß sie nicht bereit sei, auch nur einen Finger für ihre Urnen zu rühren.

Das war Sünde! Der Mutter jegliche Hilfe zu versagen, war in Gerdas Augen eindeutig eine Sünde. Dringend hätte sie Aufträge aus dem Ausland gebraucht.

Die Idee, einen Filmverleih aufzuziehen, war etwa zwei Jahre nach dem Krieg entstanden. Damals hatte Gerda gehört, daß Jakobs Bruder inzwischen berühmt und reich geworden war, und sie hatte sich entschlossen, ihre in Berlin zu Schauspielern und Literaten geknüpften Kontakte zu nutzen.

Wie immer in großem Stil hatte Gerda von Croneborg losgelegt. Mit Briefpapier und angeblichen Beziehungen in aller Welt. Über einen Jugendfreund, der schon vor Jahren nach Bogotá ausgewandert war, hatte sie alles arrangieren wollen, sowohl schwedische als auch deutsche Filme gegen Kaffee und Bananen auf dem anderen Kontinent zu verkaufen gedacht. Kaffee und Bananen. Davon hatte sie geträumt. In ganz Europa wollte sie Umsatz machen.
Doch der für sie zunächst erfreuliche und anregende Briefwechsel mit Komplimenten und Einladungen, Kilopreisen und Frachtvorschriften hatte ein jähes Ende genommen, als Gerda eines Tages in dem ihr unverständlichen Schreiben eines vermittelnden Rechtsanwalts auf das Wort »Hochstaplerin« gestoßen war. Sofort hatte sie das Briefpapier der »Präsidentin Transat-Films« und die ganze Angelegenheit für beendet erklärt. Ihren Freunden hatte sie gesagt, wie froh sie sei, sich nun endlich in Ruhe der Bildhauerei widmen zu können.
Nie hatte Gerda begriffen, weshalb dann auch ihre Bildhauerei gänzlich ohne Erfolg geblieben war. Und nie, warum sie auch mit ihren Urnen kein Glück gehabt hatte. Und sie redete sich ein, daß das eigentliche Anliegen ihrer Kunst, die Elementarwesen, wie sie sie nannte, mit Hilfe steinerner und bronzener Figuren in die Häuser und Gärten zurück-

zulocken, nicht verstanden worden war. Und mit ihrer Idee von den Ähren und Sonnenrädern unter der Erde, vom Wachsen und Leuchten in den Gräbern, hatte sie nur Entsetzen hervorgerufen. Für ihre Kunst war das Zeitalter noch nicht reif!

Nie, wie sie jetzt sah, hatte sie sich selbst in Frage gestellt, nie die Qualität ihrer Arbeit bezweifelt. Sie war niemals die gewesen, für die sie sich gehalten hatte: eine Künstlerin.

Zu gern hätte sie damals, nachdem alles mißlungen war, noch eine Weile die Rolle der Unverstandenen gespielt und das Leiden ausgekostet. Aber dafür fehlten ihr die Mittel. Das Haus, in das sie das gesamte Vermögen ihrer Tochter gesteckt hatte, war verkommen und sie gänzlich verschuldet. Der Termin der Zwangsversteigerung machte bereits die Runde: 1. Oktober 1953. Nie vergaß Gerda dieses Datum.

Zwangsversteigerungen waren in den Familien des höheren Adels nichts Ungewöhnliches. Immer wieder einmal hatte sich der eine oder andere durch Mißwirtschaft oder Krankheit verschuldet, und schadenfroh hatten sich Familienmitglieder und Fremde auf Mobiliar, Bücher und Hausrat gestürzt, alles auseinandergezerrt, davongeschleppt und es dem eigenen Hausstand, als Mahnung zu Ordnung und Sparsamkeit, genüßlich einverleibt. Was hatte es nicht auf jedem Hof für Geschichten um dieses

und jenes gegeben, das einstmals da oder dort gestanden oder gehangen hatte.
Dieser Zerfleischung, wie sie es nannte, wollte Gerda von Croneborg auf keinen Fall beiwohnen. Und sie beschloß, einfach zu verschwinden, kurzerhand – trotz der späten Jahreszeit – eine Reise zu ihrer Freundin Margareta de Pallars nach Portugal zu unternehmen. So billig wie möglich. Von dort aus würde es leicht sein, das Ziel ihrer Pilgerschaft, der sie sich damals in Jerusalem verschrieben hatte, zu erreichen: Santiago de Compostela! Jahrelang hatte sie diese Pilgerschaft vernachlässigt und deshalb nur selten an dem großen Buch über die heilige Birgitta weitergearbeitet. Es war höchste Zeit.
Gerda betrachtete sich am Tisch vor dem Fenster. Draußen war es dunkel geworden. Schräg fiel das Licht der Lampe über sie. Sie atmete schwer. Die lange Rechtfertigung an ihre Tochter, in der sie nichts hatte zugeben wollen, dadurch aber, wie sie jetzt erkannte, alles zugegeben hatte, war ihr nicht leicht gefallen. Umständlich verpackte sie den Brief. Am nächsten Morgen ging sie aufs Postamt und dann zu ihrem Rechtsanwalt, um ihn mit der Abwicklung der Zwangsversteigerung zu betrauen. Sie sei für ein großes Werk, an dem sie seit Jahren arbeite, ganz plötzlich nach Spanien gerufen. Es gäbe keinen Aufschub. In aller Eile löste sie die Atelierwohnung auf und schaffte die beiden Truhen und

anderes von Wert, unbemerkt von den Gläubigern, in die vier Zimmer in der Södergatan, die sie in weiser Voraussicht einige Wochen zuvor günstig gemietet hatte.
Ende September ging Gerda von Croneborg, achtundfünfzig Jahre alt, mit zwei Koffern als einziger Passagier an Bord eines kleinen Frachtdampfers und verließ Schweden.

Lissabon.
Drei Wochen dauerte die Reise auf dem kleinen Frachtdampfer und war eine Katastrophe.
Gerda sah sich auf allen Vieren über das Deck kriechen, seekrank und elend. Ein ebenso abstoßender wie lächerlicher Anblick. Heruntergerutschte Strümpfe, ein zerknittertes, über ihren dicken Hüften beinah platzendes Kleid.
Erst als sie die portugiesisch-spanische Küste erreicht hatten, ließ der Sturm nach. Für Gerda war es klar: Sie wurde verfolgt. Allein sie. Von Stockholm über Göteborg, von Rotterdam über Brest bis La Coruña. Sie hatte das Schiff nicht lebend verlassen sollen. Warum? War es falsch gewesen, Stockholm unter diesen Umständen verlassen und nichts weiter zur Rettung des Erbes ihrer Tochter unternommen zu haben? Nein, sie war sich sicher, sie hatte nichts versäumt. Hier war, einmal wieder, kaum, daß sie

sich in ihrem Dienst auf den Weg gemacht hatte, gegen ihre Heilige gekämpft worden. Auf elementare Weise.

Und so war Gerda standhaft geblieben und nicht von Bord gegangen, obwohl der Arzt, den der Kapitän im Hafen von Brest hatte kommen lassen, es ihr dringend geraten hatte. Ihr Zustand, die Versorgung und die hygienischen Verhältnisse an Bord waren katastrophal. Aber es gelang ihr, mit den wenigen Vokabeln, die ihr zur Verfügung standen, dem jungen Mediziner weiszumachen, daß sie eine bekannte Journalistin sei und für eine große Reportage über Sturm, Entbehrungen und Krankheit unter dem Titel »Bon voyage«, also dienstlich, unter diesen Bedingungen reise. Welch ein Pech, daß es sie nun selber erwischt habe, aber aufgeben wolle sie unter keinen Umständen. Und sie hatte sich nicht arm und krank in den Dezember ihrer Heimat zurückbringen lassen, sondern ihre Reise, auf Wärme und rasche Genesung im Süden hoffend, auf eigene responsabilité fortgesetzt.

Wieder auf offener See kam es zur Krise. Vor der Tür ihrer Kajüte hörte sie den Kapitän den Befehl erteilen, sie nach Eintritt des Todes sofort über die Reling zu werfen. Er wolle sich nicht wegen einer Leiche an Bord mit der Hafenbehörde in Lissabon herumstreiten. Gerda hatte Todesangst gelitten und, in ihrer Koje liegend, begonnen zu beten.

Im Krachen und Brausen, gewärtig, das Wasser jeden Moment unter der Tür hereinschäumen zu sehen, hörte sie sich laut alle Heiligen der Seefahrt anrufen. Nikolaus, Gisbert und Vinzenz. Vor allem aber den heiligen Jakobus, zuständig für die Pilger und das Wetter. Da sie sich ja, genaugenommen, auf dem Weg nach Santiago de Compostela befände, flehte sie den Heiligen mit der Muschel am Hut an, also geradewegs zu seinem Grab reise, sei er doch eigentlich zu ihrer Rettung verpflichtet.
Und es half. Als sie La Coruña hinter sich gelassen hatten, flaute der Sturm ab, und Gräfin Gerda von Croneborg war noch unter den Lebenden. Aber als sie zum erstenmal wieder auf dem Zwischendeck erschien, schlug einer der Matrosen bei ihrem Anblick drei Kreuze.
»Sie hat ausgesehen wie der Tod.« Mit diesem Satz führte ihre Freundin Margareta de Pallars die schwedische Gräfin ein paar Monate später in die Lissaboner Gesellschaft ein.
Ein gutes halbes Jahr war Gerda von ihr und ihrem Mann Enriques in dem großen Haus in der Rua de Prior gesund gepflegt worden. Der seit Jahrzehnten in Portugal ansässigen Schwedin hatte es Freude gemacht, endlich einmal wieder jemanden aus ihrer Heimat zu hören.
»Wie gut, daß du das alte Haus so günstig verkauft hast.«

Gerda hatte es sich, wie sie jetzt immer wieder feststellen mußte, zur Gewohnheit gemacht, jedem ihr Leben nur noch so zu schildern, wie er oder sie es am besten verstand. Alles andere hatte sich mehr und mehr als sinnlos erwiesen.

Erst als der Frühling kam, lernte Gerda Lissabon richtig kennen, die umliegenden Dörfer und die Landschaft.

Sie sah ein unbeschwertes, fröhliches Leben vor sich. Hochzeiten, Prozessionen, Masken- und Lichterumzüge. Hier verstand man es, die Heiligen zu feiern, hier brauchte man, um an sie zu erinnern, keine Bücher über sie zu schreiben – hier schienen sie gegenwärtig zu sein. Grande Fiesta! Jeder kleine Ort hatte seinen Schutzpatron, dem zu Ehren man an bestimmten Tagen im Jahr fröhlich war.

Gerda hatte das Gefühl gehabt, in eine andere Welt versetzt und dort, nachdem die Folgen ihrer grauenhaften Schiffsreise überwunden waren, auferstanden zu sein. Immer sah sie sich lachen. Tanzend unter heiterem Himmel, portugiesische Volkslieder mitsingend, schien sie ihre Sorgen und auch den eigentlichen Grund vergessen zu haben, warum sie sich auf den Weg nach Portugal gemacht hatte: ihre Pilgerschaft.

Ein Foto, auf dem sie beim Tanz mit einem hinter einer Maske verborgenen Kavalier zu sehen war, hatte sie an ihre Tochter geschickt:

»Für mich hat hier endlich der Sommer angefangen, aber im Herbst soll es noch schöner sein. Drum bleibe ich noch. Sieh, welch ein Abenteuer! Lissabon ist eine wunderbare Stadt!«

Selmas Antwort, etwa einen Monat später, war ihr wie ein Vorbote auf das Ende dieser sorglosen Zeit erschienen:

»Wie schön, daß es Dir gut geht. Bitte rechne nicht mit Geld. Wir ziehen gerade um, und Jakob wird erst im Oktober am Krankenhaus in Hamburg anfangen. Ich bin schwanger und sehr krank. Hoffentlich wird alles gut!«

Ein paar Tage später hatte Margareta sich zum erstenmal erlaubt, Gerda zu fragen, was sie eigentlich noch alles vorhabe in Portugal und ob sie noch ein weiteres Jahr zu bleiben gedenke. Gerdas Zeit war abgelaufen. Sofort holte sie ihr Alibi, ihr sorgsam gehütetes Manuskript, hervor und fragte ihre Freundin, ob sie Lust habe, ein Kapitel zu lesen. Sie sei eigentlich auf dem Weg nach Santiago und, wenn sie nicht krank geworden wäre, sicherlich schon längst dort.

»Über die heilige Birgitta? Das trifft sich gut«, rief Margareta erleichtert. Sie habe einen Freund in Porto, der ebenfalls seit Jahren an diesem Thema arbeite und sicherlich kompetenter sei als sie. Porto läge ja sozusagen am Wege.

Es war eindeutig: Margareta hatte keine Lust auf

diesen Lesestoff verspürt, sich aber darüber gefreut, weil sie guten Gewissens ihre alte Freundin in andere Hände weiterreichen konnte.
Gerda sah sich im Zug auf dem Weg nach Porto. Sie sah sich ihr Portemonnaie öffnen und das Geld darin verwahren, das Margareta ihr beim Abschied verstohlen in die Jackentasche gesteckt hatte. Erst jetzt wurde ihr klar, daß ihre Freundin schon, als sie ihr von dem angeblich so günstigen Verkauf des Hauses berichtet hatte, alles begriffen haben mußte.

Porto.
Es war Herbst, als Gerda von Croneborg von Manuel Mellet in seinem Haus am Stadtrand von Porto aufgenommen wurde. Und im folgenden Winter fror sie wie noch nie in ihrem Leben. Oft träumte sie, in dem zugigen Steinhaus atlantischen Stürmen ausgesetzt, von den Schnee- und Eiskristallen am Fenster einer gut geheizten, behaglichen Stube und versuchte, aufregende Schlittenfahrten in molligen Pelzmänteln in ihr Gedächtnis zurückzuholen. In viel zu leichter Kleidung sah sie sich durch die Straßen der um diese Jahreszeit trostlosen Hafenstadt eilen.
Wie oft hatte sie an ihre Tochter geschrieben und um einen Mantel gebeten. Erfolglos. Herzlos, diese Tochter! Erst Anfang Mai, wie bestellt zu ihrem

sechzigsten Geburtstag und kurz vor ihrer Abreise, erreichten Pelzmantel, Schal und Mütze den Hafen von Porto, und Gerda war wütend, weil sie in ihrem Gepäck keinen Platz dafür hatte und sich nichts Sinnloseres vorstellen konnte als einen Pelzmantel im portugiesischen Mai. Und sie tauschte ihn beim Antiquitätenhändler gegen das Wohnrecht in einem kleinen Zimmer im Hause seiner alten Schwiegermutter in Santiago de Compostela ein, bestens gelegen, wie er beteuerte, in einer Seitenstraße direkt neben der Kathedrale.

Warum hatte Gerda nicht eingesehen, daß das verspätete Eintreffen des Mantels eigentlich ihre Schuld gewesen war? Sie hatte die neue Adresse ihrer Tochter nicht beachtet, und alle Briefe waren erst über Umwege zu ihr gelangt.

Aber erst jetzt bereute Gerda, ihre Tochter für herzlos gehalten zu haben. Erst jetzt, als an allem nichts mehr zu ändern war.

Gleich nach der Begrüßung gab Manuel Mellet sich als Spezialist für Reisekrankheiten von Pilgern zu erkennen. Selbstverständlich hatten seine ausführlichen Recherchen ihn auch in die Jahre 1341–1343 geführt, in denen die heilige Birgitta von Schweden auf ihrer Wallfahrt nach Santiago de Compostela einige Zeit im Kloster krank gelegen hatte. Nur indirekt war er also der richtige Gesprächspartner für Gerda, und deshalb interessierte ihn ihr Manuskript auch nur flüchtig. Pilger und Heilige waren für ihn nur insofern von Bedeutung, als sie Krankheiten von hier nach dort geschleppt und andere angesteckt hatten. Und, um Vergleiche anstellen zu können, hatte er danach geforscht, wer an welchen Krankheiten gestorben war und wer nicht. Ein sehr spezielles Thema. Aber, um sich abends so lange wie möglich in dem einzigen beheizten Zimmer dieses spärlich möblierten Hauses aufhalten zu können, hörte sich Gerda viele seiner Theorien an.

Und als sie jetzt diese beiden verlorenen Figuren auf den Korbstühlen vor dem flackernden Kaminfeuer sitzen sah, tröstete es sie ein wenig, daß anscheinend nicht nur sie allein ein Leben im Umgang mit Hirngespinsten vertan hatte. Ein verschrobener Kauz, dieser Portugiese Manuel Mellet. Aber immerhin, er hatte ihr über den Winter geholfen.

Ein paarmal hatte sie versucht, Berichte über ihre Reise ans »Svenska Dagbladet« zu verkaufen. Erfolglos, denn sie hatte sich sowohl Streichungen als auch Umformulierungen verbeten, und es war zu nichts weiter als unerfreulicher Korrespondenz gekommen. »Wie verhält es sich eigentlich mit der Pressefreiheit in Ihrem Blatt, Herr Redakteur?«

Da sie keine Durchschläge gemacht und ihre unaufgefordert eingesandten Manuskripte niemals zurückerhalten hatte, waren alle ihre literarischen Ansätze dieser Zeit verlorengegangen.

Tagsüber hielt sie sich bei dem Antiquitätenhändler auf, um ein paar Stunden den Glanz von Gold und Silber zu genießen und dadurch das gewisse Selbstwertgefühl zu pflegen, das ihrer Meinung nach nur in der Nähe kostbarer Gegenstände aufrecht zu erhalten war. Der wortkarge ältere Herr ließ sich ihre Gesellschaft gefallen und schloß sie, wie sie überzeugt gewesen war, fest ins Herz, als es ihr gelang, seine Frau mit einer selbstgemischten Kräutermedizin von einer langen Krankheit zu befreien. Gerda riet den beiden, nicht ihr, sondern der heiligen Birgitta für die Genesung zu danken – nur ihretwegen sei sie unterwegs, sie allein habe die Begegnung herbeigeführt – und eine Spende an das Kloster in Santiago, dem Ziel aller Wallfahrer gen Westen, zu geben. »Ich übernehme gern das Botenamt.«
Und sie sah sich, es war Ende Mai, mit der Adresse der Schwiegermutter, beträchtlichem Bargeld und zwei schäbigen Koffern auf dem Weg nach Santiago de Compostela.

Santiago de Compostela. 25. Juli.
Hunderte von Menschen in der riesigen Kathedrale, dicht gedrängt, ein Raunen und Sich-Bewegen. Weihrauchschwaden über den Köpfen.
Schon seit dem frühen Morgen war ununterbrochen zelebriert worden, und nun erschien der Erzbischof.

In seiner Gegenwart sollte sich das große Ereignis des Tages vollziehen: die Räucherung im Querschiff. Das riesige Weihrauchfaß, seit Jahren mehr spektakuläre Attraktion als heiliges Gerät, wurde an seinen schweren Ketten vor dem Altar herabgelassen. Die Spannung unter den Schaulustigen und Pilgern schien dem Zerreißen nahe.
Gerda von Croneborg hatte sich den kleinen violetten Samthut der Schwiegermutter geliehen, die schon zu alt und zu gebrechlich war, um sich unter das Volk zu wagen, und halb verdeckt von diesem verstaubten und für sie zu schäbigen Accessoire, sah sie plötzlich unter den vielen erwartungsvollen Gesichtern ihr eigenes Gesicht. Ihre blauen Augen unter den vielen schwarzen Augen.
Ein wenig hatte Gerda sich gefürchtet, denn sie hatte gehört, daß vor Jahren einmal die Kette gerissen, das Weihrauchfaß durch eins der Fenster hinausgeschleudert und, wie ein glühender Feuerball, in die Menschenmenge vor der Kirche gestürzt war. Verheerend.
Überhaupt war ihr die überschäumende und nicht mehr kontrollierbare Ausgelassenheit dieses großen Festes für den heiligen Jakobus allmählich unheimlich geworden. Die Stadt war aus den Fugen. Schon am Vorabend hatten sich auf dem Platz vor der Kathedrale und in den umliegenden Straßen die Menschen gedrängt, um das Feuerwerk zu erleben,

das, faszinierend und gefährlich, direkt vor der Menge, aus phantasievollen, dafür errichteten Draht-, Blumen- und Pappfassaden gen Himmel gefahren war, sich in bunten Sternen und Kugeln entladen hatte und in unzähligen, teilweise noch glühenden kleinen Papierstückchen zurück zur Erde auf Köpfe und Schultern der Menge herabgeregnet war. Taghell war die Nacht gewesen.

Und nun gaben die Diakone mit kleinen Schaufeln Weihrauch auf die Glut. Der Deckel wurde gesenkt, und zusammen mit dem Rauch stieg das Weihrauchfaß auf, begann, von Ketten gezogen, allmählich mit seiner Bewegung von rechts nach links, von links nach rechts. Das seltsame Schauspiel, begleitet vom Dröhnen der Spanischen Trompeten der Orgeln und dem »Ah!« der Menge, hatte begonnen. Das Tempo steigerte sich. Von unzähligen Augenpaaren verfolgt, flog das Faß im Querschiff hin und her, fauchte und schmurgelte immer von neuem bedrohlich über die sich drehenden und sich duckenden Köpfe hinweg, hinauf bis fast unter die Decke. Der Erzbischof beugte jedesmal das Knie, wenn das schwere Faß über den Altarbereich hinwegfegte, und senkte den Kopf, um die Mitra zu schützen. Das erwartungsvolle Raunen ging in tosenden Lärm über. Die Menge klatschte, und die lackköpfigen Meßknaben fielen sich um den Hals. Alle schienen wie entrückt und nicht mehr ganz bei sich zu sein.

Irgendwann war Gerda schlecht geworden, und ohne lange zu überlegen, was sie tat, nur von dem Wunsch besessen, umgehend dem Weihrauchspektakel, dem Tosen der Orgel und dem Drängen der Menschen zu entkommen, hatte sie begonnen zu singen. Und da sie vollkommen unmusikalisch war, fiel ihr nichts anderes ein als die schwedische Nationalhymne.

Der Erfolg war durchschlagend. Erschrocken, ohne zu verstehen, was die alte Dame mit dem violetten Samthut sang, wichen die Menschen vor ihr und dem traurigen Lied zurück, und sie konnte sich einen schmalen Gang zur Tür erobern, was ihr durch Drängeln oder höfliches Bitten, beiseite zu treten, niemals gelungen wäre.

»Du gamla du fria du fjällhöga nord,
du tysta du glädjerika sköna.«

Taumelnd erreichte sie die kleine Wohnung der alten Schwiegermutter, packte ihre wenigen Sachen und reiste ab. Was sie gewollt hatte, hatte sie erreicht: Santiago de Compostela, das Ziel aller Pilger und Wallfahrer, und auch den Tag des heiligen Jakobus. Gerade bis zum 25. Juli hatte die Hälfte der Spende des Antiquitätenhändlers an das Kloster, die sie – im Dienst der heiligen Birgitta unterwegs –, ohne ein schlechtes Gewissen verspürt zu haben, an sich genommen hatte, gereicht. Keinen Tag länger.

Warum also hätte sie noch länger in dieser Stadt

bleiben sollen? Sie hatte gesehen, was Birgitta gesehen hatte, und endlich das vollendet, was ihr, fast zwanzig Jahre vorher, in Jerusalem aufgetragen worden war. Schnellstens hatte sie ihr Manuskript dem Verleger überbringen wollen, denn er hatte ihr brieflich zugesagt, daß das Buch, bei rechtzeitiger Abgabe, noch im Herbst erscheinen würde.

Da sie nach der feierlichen Übergabe der trotz der Halbierung immer noch beachtlichen Summe vom Klerus im Kloster kaum mehr beachtet worden und auch sonst mit nur wenigen Menschen in Santiago zusammengekommen war, hatte sie viel Zeit gehabt und, den Juni über schreibend, in der engen Wohnung verbracht. Zu arm, um einen ihr angemessenen Auftritt inszenieren zu können, mit einer so heruntergekommenen Garderobe, daß Gerda von Croneborg sich damit nicht mehr in die Gesellschaft gewagt hatte.

Später, in ihren dramatischen Reiseberichten aus Portugal und Spanien, war auch in Santiago alles sehr interessant und aufregend gewesen. Sie sei, dank ihrer rasch geknüpften Beziehungen zum Erzbischof, mit Führungen für Touristen aus dem Norden durch die Kathedrale betraut worden, habe gute Freunde in der Mission gefunden und zusammen mit ihnen an vielen Veranstaltungen, Opern- und Theateraufführungen unter freiem Himmel teilgenommen. Man sei an ihr und dem Vorankommen

ihrer Arbeit über die heilige Birgitta sehr interessiert gewesen. Überall habe man sie unterstützt.
Wie uninteressant wäre es gewesen, davon zu erzählen, wie es wirklich in Santiago de Compostela zugegangen war. Zwei Monate Aufenthalt in der ärmlichen Wohnung einer uralten Spanierin, deren einzige Sorge die Fliegen in der Paella und ihr langsam wachsender Schnurrbart gewesen waren, hätten niemanden interessiert. Und daß sie vor lauter Langeweile endlich ihr Buch über ihre vergessene Heilige fertiggeschrieben hatte, ging niemanden etwas an.
Nein, bei der alten Schwiegermutter hatte es nichts gegeben, womit eine schwedische Gräfin hätte reüssieren können. Lediglich deren violetten Samthut hatte Gerda bei ihrer plötzlichen Abreise heimlich ihrem schmal gewordenen Gepäck einverleibt, um ihn als Erinnerung und als Wahrzeichen dieser Stadt in ihrer Heimat zu tragen.

Im Gästehaus von Skansen war es totenstill. Alle Lichter waren gelöscht worden. Nur das kleine Notlicht in dem Flur vor den Gästezimmern hatte man brennen lassen.
Wie ein schwarzer Würfel lag das dunkle Haus auf dem freien Platz zwischen den hohen, rauhreifüberzogenen Bäumen. Am kalten, sternenklaren Himmel zog weit im Osten langsam der Morgen herauf. Rechts von der breiten Auffahrt vor dem Portal verlor sich der Kiesweg hinein in den Park. Schmal und weiß.
Der Spiegel in Gerda von Croneborgs Zimmer war enthüllt worden, und im Dämmerlicht tanzte ein spirriger, halbnackter Junge mit einem violetten, zerbeulten spanischen Altdamenhut auf dem Kopf, einen grotesken, in seiner völligen Lautlosigkeit gespenstischen Tanz vor dem matten Glas. Nur ab und zu war ein heftiges Atmen zu hören. Arne war außer sich und verfolgte, fasziniert und erschrocken zugleich, die immer wilder, scheußlicher und verzerrter werdenden Bewegungen seiner eigenen schemenhaften Gestalt.
Etwa eine Stunde vorher waren die anderen die Treppe heraufgekommen und in ihre Zimmer gegangen. Auf seinem Bett liegend, ohne sich zu rühren, hatte er das leise Klopfen seiner Mutter abgewartet und gleich darauf mit Erleichterung das Zuklappen ihrer Tür gehört. Ihm war nicht nach

Gutenachtsagen zumute gewesen. Und allmählich war das Murmeln und Scharren in den Zimmern um ihn herum verstummt. Aber er hatte weiterhin wachgelegen und gehorcht. Ob der Urgroßvater sie abgeholt hatte?

Das Verschwinden der Großmutter hatte Arne sehr aufgewühlt, und außerdem hatte er, von niemandem außer von seiner kleinen Schwester beobachtet, im Laufe des Abends die Neigen vieler Gläser ausgetrunken. Merkwürdig leicht, aber zunehmend auch komisch hatte er sich gefühlt.

Irgendwann war er aufgestanden, hatte die Tür geöffnet und gelauscht. Gerade hatte die große Wanduhr über der Treppe viermal geschlagen, sonst war nichts zu hören gewesen. Lautlos war er über den Flur geschlichen und, ohne zu wissen warum, im Zimmer der Großmutter verschwunden.

Augenblicklich hatte er das Gefühl gehabt, in eine Kiste voll merkwürdig riechender, absonderlicher Verkleidungsstücke geraten zu sein. Besonders faszinierend im Halbdunkel. Licht zu machen hatte er sich nicht getraut. Er hatte sich von der Tür zum Schrank, dann zum Stuhl und hinüber zur Kommode getastet, hatte mit großer Geste das Tuch vom Spiegel gerissen und angefangen, sich eins der herumliegenden Kleiderstücke nach dem anderen überzuhängen, halb hineinzuschlüpfen. Wie in Ekstase durchwühlte, betastete und streichelte er alles,

roch an den von Kastanientinktur durchzogenen, parfümbetupften Stoffen und Fellen. Der Pelzmantel neben der Tür und das weiße schimmernde Kleid mit schwarzem Schleier am Boden empfand er als besonders aufregend. Aber dann bemerkte er die Hüte. Und Hüte waren seine Leidenschaft. Der kleine violette, mit Spitzenband, eigentlich schon gänzlich verbeult, machte ihn völlig verrückt. Mit ihm gelangen Arne immer ausgelassenere Gesten und furchterregendere Fratzen während eines immer toller und toller werdenden Spiegel-Veitstanzes.
Als er, vom Schwindel gepackt, gegen die Kommode fiel, gab es einen dumpfen Knall, und nur wenige Augenblicke später stand seine kleine Schwester Gerda in der Tür, starrte mit schreckensgroßen Augen ins Halbdunkel und fragte leise, nachdem sie erkannt hatte, wer da lag:
»Spinnst du?«
Arne gelang es nicht, aufzustehen. In seinem Kopf raste und klopfte es, er wollte nur noch liegenbleiben und schlafen.
»Mir ist schlecht«, flüsterte er, »deck mich zu, geh und sag keinem etwas.«
Die kleine Gerda nahm den Pelzmantel der Großmutter, breitete ihn über ihren Bruder und schob ihm den verbeulten Samthut, der neben ihm am Boden lag, unter den Kopf. Dann verließ sie leise das Zimmer.

Berlin. Der Krieg. Die Rückkehr.

Gerda sah sich in Berlin. Eine gutaussehende, schlanke Frau, Mitte Vierzig, die sich, ganz Gerda von Croneborg, der Wirklichkeit so zu entziehen vermochte, daß sie den Zweiten Weltkrieg bis fast an sein Ende nur als eine aufregende, viereinhalb Jahre ihres Lebens auf besondere Weise bereichernde Kulisse begriff.

Zwar hatte sie sich mit ihrer Begeisterung für den Nationalsozialismus bei ihrer Tochter und dem Schwiegersohn unbeliebt gemacht, dafür aber noch zwischen Ruinen auf ihre Weise zu leben und sich sogar noch in Szene zu setzen gewußt. Mit Hilfe ihres in Kisten herbeigeschafften Hausstands und ihrer eigenen Ausstrahlung, dieser Mischung aus adliger Arroganz, gesellschaftlicher Gewandtheit und totaler Harmlosigkeit, wie sie jetzt sehen mußte, war es ihr gelungen, in einer allmählich zu Schutt und Asche werdenden Welt so etwas wie Glanz zu verbreiten. Zukunftshoffnung aus Ahnungslosigkeit. Die offenbare Not während der letzten beiden Kriegsjahre hatte die schwedische Gräfin lediglich als eine Herausforderung an ihr Improvisationstalent verstanden.

»Jakob Pflug hatte mir meine Tochter gestohlen und sie in die Bombennächte von Berlin verschleppt. Wie konnte ich anders, als ihr zu Hilfe eilen?« Mit solchen dramatischen Formulierungen hatte sie nach

dem Krieg ihren Verwandten und Freunden gegenüber geprahlt und ihre Begeisterung für Hitler, seine Idee der arischen Rasse, für Volk und Vaterland lieber unerwähnt gelassen.
Seit sie ihn sieben Jahre zuvor in Stuttgart bei einem Aufmarsch vor dem Schloß selbst gesehen, ihm zugejubelt und sich von ihm angeschaut gefühlt hatte, hatte Gerda von Croneborg den Führer nicht vergessen können. Begeistert hatte sie seine Propaganda von Schweden aus verfolgt. Und in das Chaos des allmählich heruntergewirtschafteten Herrenhauses vor den Toren Stockholms – längst waren die Pflegekinder und Angorakaninchen nicht mehr angemessen betreut worden – war der Kriegsausbruch eingeschlagen wie ein rettender Blitz, Legitimation zur sofortigen Schließung des Hauses. Und sie hatte es geradezu als einen Wink empfunden, daß Jakob Pflug ihre Tochter in die Hauptstadt Deutschlands verschleppt hatte.
In aller Eile waren die Kinder samt dem wenigen Personal kurz vor Weihnachten entlassen, die Kaninchen verkauft und der Hund eingeschläfert worden. Rasch hatte sie noch drei Zimmer des weitläufigen Anwesens an einen Flüchtling vermietet, über dessen Identität sie sich entgegen ihren sonstigen Gewohnheiten nicht weiter kundig gemacht hatte. Und seinem Versprechen, für alles bestens zu sorgen, hatte sie uneingeschränkt geglaubt. Ohne sich

einen Moment lang überlegt zu haben, ob es angesichts der Zeitlage sinnvoll sei, hatte Gerda von Croneborg einen Teil ihres wertvollen Hausstandes auf Waggons verladen lassen und war ihm – beruhigt, auch dort standesgemäß ausgestattet zu sein – nach Berlin vorausgeeilt. Kurz nach Neujahr war sie bei ihrer Tochter eingetroffen, und schon am ersten Abend gab es einen furchtbaren Streit.
Gerda war mit Stofffliederbündel am Hut und Pelzmantel erschienen, hatte – die Begrüßung durch die Tochter war ziemlich kühl ausgefallen – ihre beiden Koffer im Flur stehengelassen und sich, ohne abzulegen, im großen Zimmer sofort auf das Sofa gesetzt.
»Wenn du wüßtest, wie ich in den letzten Tagen geschuftet habe«, hörte sie sich ihrer Tochter zurufen, die in die Küche gegangen war, um Tee aufzubrühen. Gerda setzte den Hut ab, legte die Beine hoch und lehnte sich zurück. Sie schaute sich um. Wenige Möbel, von der gegenüberliegenden Wand blätterte der Putz, keine Teppiche. Eine heruntergekommene Berliner Altbauwohnung.
»Kalt habt ihr es hier.«
In der Tür sah Gerda einen abgemagerten, grausichtigen Mann stehen, gestützt auf zwei Krücken. Erschrocken nahm sie die Beine vom Polster und setzte sich auf:
»Jakob?«

Jakob kam mühsam näher.
»Tag, Mutter. Willst du nicht ablegen?« Er ließ sich ihr gegenüber in den Stuhl fallen.
»Mir hat ja keiner aus dem Mantel geholfen.«
Schon während dieser kurzen Begrüßung hatten die Auseinandersetzungen zwischen Jakob und Gerda von Croneborg wieder begonnen. Sie war gereizt und enttäuscht über diesen Empfang, und er hatte sie nicht ausstehen können. Allein wie sie dasaß, satt und warm in ihrem halbgeöffneten Pelzmantel, in ihrer provozierenden Ahnungslosigkeit.
Gerda schämte sich jetzt.
Sie hatte sich auf zwei eigenwillige, aber harmlose junge Leute eingestellt, auf zwei Studenten der Medizin, denen sie in schwieriger Zeit zur Seite stehen und mit denen sie heftig über Hitler und den Krieg hatte diskutieren wollen. Statt dessen war plötzlich dieser Krüppel vor ihr aufgetaucht und hatte ihr Konzept durcheinandergebracht. Mit ihm hatte es nichts mehr zu diskutieren gegeben, wie Gerda jetzt einsah, er hatte bereits alles gewußt – und alles hinter sich gebracht.
»Was ist denn geschehen?«
Vergebens hatte Gerda in dem dreiundzwanzigjährigen Greis den jungen Mann wiederzuerkennen versucht, der ein Jahr zuvor ihre Tochter entführt, dem aber dennoch freundlich zu begegnen sie sich vorgenommen hatte.

Jakob Pflug war bei Ausbruch des Krieges zum Sanitätseinsatz nach Polen beordert und schon nach kurzer Zeit schwer verwundet worden. Selma hatte ihrer Mutter nichts davon geschrieben.
»Bist du sehr traurig?« fragte Gerda, nachdem Selma ihr alles erzählt, Jakob schweigend dabeigesessen und sie einen dünnen schwarzen Tee getrunken hatten.
»Traurig?« Jakob blickte seine Schwiegermutter verständnislos an.
Und dann hatte Gerda angefangen zu reden, mit wilden Handbewegungen, hatte vom »Sterben für das Vaterland« gesprochen und auch den Satz »Der Führer wird es dich lohnen« nicht gescheut. Sie hatte sich gar nicht wieder beruhigen können. Irgendwann war Jakob aufgestanden und hatte begonnen, sich langsam auf seinen Krücken zwischen Tür und Fenster auf dem knarrenden Parkett hin und her zu bewegen. Selma hatte stumm auf ihrem Stuhl gesessen und ihre Mutter fassungslos angestarrt.
Plötzlich hatte Jakob »Schluß jetzt!« gebrüllt und dann leise hinzugefügt: »Sieh dich vor, Mutter, hier wohnt ein Volksverräter! Und wenn du nicht sofort still bist, schreie ich es hinaus auf die Straße, damit man ihn festnimmt. Willst du?«
Gerda sah Jakob, wie er mit beiden Händen das Fenster aufriß. Seine Krücken rutschten krachend

über das Parkett, und er fiel beinahe hintenüber. Selma sprang auf und versuchte, ihn zu halten.
»Hör endlich auf, Mutter!«
Bestürzt hatte Gerda festgestellt, daß sie zu weit gegangen war. Jakob war kreidebleich.
Der Streit am ersten Abend hatte zu einer klaren Frontstellung geführt. Selma hatte ihrer Mutter zwar nicht die Tür gewiesen, sie aber umgehend in die beiden hinteren Zimmer der Wohnung gebracht und sie angefleht, ab sofort nur diese – und nicht mehr – als ihr Reich zu betrachten. Wenn sie ihre Beziehungen nicht völlig zerstören und Jakobs weitere Genesung nicht in Frage stellen wolle, müsse sie sich zurückhalten.
»Ich bitte dich! Einzig und allein, um euch zu helfen, bin ich gekommen!«
Selma hatte »Schon gut, Mutter« geantwortet und rasch die Tür hinter sich zugezogen.
In den nächsten Tagen richtete Gerda sich ein und wurde, nachdem ihre Möbel eingetroffen waren, in ihren beiden Zimmern zwischen Lüstern, Leuchtern, Tischchen und einer Kommode, angefüllt mit schwerem Leinen und silbernem Besteck, allmählich heimisch. Und da sie bei den jungen Leuten vorne in der Wohnung unerwünscht war, bemühte sie sich um eigene Kontakte.
Wenige Tage nach ihrer Ankunft ging sie zur Akademie in die Hardenbergstraße und schrieb sich als

Studentin der Bildhauerei ein. Sie war entschlossen, die Zeit zu nutzen. Vor den Umständen, vor Selma und Jakob zu kapitulieren und nach Schweden zurückzufahren, wäre ihr niemals in den Sinn gekommen.

Wie war sie nur auf Bildhauerei gekommen in einem Land, das seine Künstler als entartet vertrieben hatte? Und noch dazu in einem Alter, in dem es für Launen einer »höheren Tochter« zu spät war?

Als sie sich jetzt, im großen Atelier der Klasse für Bildhauerei nach Modell arbeitend, auf dem dreibeinigen Schemel sitzen sah, fand sie bestätigt, was sie längst geahnt hatte. Sie war völlig unbegabt und hatte Kunst im eigentlichen Sinne überhaupt nicht verstanden. Eine in Maßen fleißige, dafür aber von sich selbst überzeugte Studentin war sie gewesen, die sich durch gutgemeintes Dilettieren das Gefühl verschafft hatte, aufgenommen worden zu sein in einen Bereich, der ihr in Wahrheit verschlossen war. Grauenerregend ihre Zeichnungen und Gipsbüsten, die in ihrer Berliner Zeit entstanden waren.

Sie hatte sich »Wichtig! Unbedingt beachten!« auf die erste Seite des »Führers durch die Ausstellung entartete Kunst« geschrieben und ihn dann beiseite gelegt und vergessen. Ihr war anderes wichtig gewesen. Von ihrem Mieter war keine Nachricht, geschweige denn Geld gekommen, und alle Versuche, Verbindung mit ihm aufzunehmen, waren fehlgeschlagen. Und im dritten Kriegsjahr hatte Selma – ehetauglich und arisch anerkannt – heimlich und ohne Feierlichkeiten Jakob Pflug geheiratet. Standesamtlich. Bald nach ihrem einundzwanzigsten Geburtstag hatte sie sich, ohne ihrer Mutter etwas davon zu sagen, alle Papiere besorgt.

Gerda war schwer gekränkt und fühlte sich um vieles betrogen. Denn abgesehen davon, daß sie ihrer Tochter die erlittenen Demütigungen hatte verzeihen und ihr eines Tages großzügig die Zustimmung zur Heirat hatte geben wollen, war sie um ein Fest gekommen, das zu arrangieren allein ihre Aufgabe gewesen wäre. Die Hochzeit ihrer einzigen Tochter! Und als sie von Selma vor die vollendete Tatsache gestellt wurde, hatte sie einen Augenblick lang ihre eigene Hochzeit vor sich gehabt, die über ein halbes Jahr lang vorbereitet und zehn Tage lang gefeiert worden war. Ein Volksfest auf Björknäs. Und sie fragte ihre Tochter fassungslos: »Ohne Brautkleid?«

Aber Selma antwortete nur: »Vor allem ohne Krükken, Mutter.«

Jakobs schwere Hüftverletzung war inzwischen fast ausgeheilt, und er hatte sein Medizinstudium, soweit die Verhältnisse es zuließen, gemeinsam mit Selma wieder aufnehmen können.

Lange war die Stimmung in der Wohnung noch frostiger und gespannter als in den ersten Monaten. Küche und Bad teilte man sich zwar, aber außer bei den unregelmäßigen, gemeinsam eingenommenen Mahlzeiten wurde kaum noch miteinander geredet. Vorne in der Wohnung wurde bei geschlossenen Türen sehr leise der englische, in den beiden hinteren Zimmern sehr laut der deutsche Sender gehört. »Wissenschaft und Kunst hatten es zunächst ein bißchen schwer miteinander.« Später hatte Gerda, wenn die Rede auf diese Zeit kam, das gespannte Verhältnis zwischen dem jungen Ehepaar und sich immer zu bagatellisieren versucht.

Die ersten Sirenen ignorierte Gerda, und als sie auf dem Weg zur Akademie zum erstenmal auf Trümmer stieß, schaute sie weg. Der Führer würde alle noch in die Knie zwingen!

Grenzenlos war ihr Vertrauen. Also war auch sie nur eine der vielen Verblendeten jener Zeit gewesen! Und für wie geistesgegenwärtig hatte sie sich immer gehalten.

Schon bald nach Beginn des letzten Kriegswinters wurde die Arbeit in den Ateliers eingestellt, armdick hingen die Eiszapfen vor den zersprungenen Fensterscheiben, und es gab kein Material mehr.

Aber Gerda hatte, wie sie jetzt sah, immer noch nicht begriffen, was Krieg war. Sie hatte seine Sprache nicht verstanden.

Sie bestellte sich zwei Modelle in ihre Zimmer, um wenigstens ihre Aktstudien fortzuführen. Meistens aber blieb es bei Unterhaltungen, weil es viel zu kalt

und die Wohnung nicht mehr geheizt war. Und als dann die jungen Damen auf dem Flur immer häufiger mit Jakobs Bruder, seinen Kollegen vom Theater und einigen verwundeten, inzwischen in die Wohnung eingezogenen Literaten zusammentrafen, änderte sich die Stimmung auf der Etage. Schließlich feierte man Versöhnung. In schlimmen Zeiten, meinten alle, müsse man doch zusammenhalten.
Gerda hatte verziehen und darauf bestanden, für alle zu kochen. Und sie hatte zu sich gebeten: in großer Garderobe, als Künstlerin und weltgewandte Gräfin. Ihre politische Meinung behielt sie für sich.
Je schwieriger es wurde, Lebensmittel zu beschaffen, um so mehr wurde ihre Küche gelobt. Ihre »Würstchen im Unterrock« erlangten nach und nach geradezu Berühmtheit. Bei wachsendem Hunger gewöhnten sich alle an den eigenartigen Geschmack der Füllung aus Kartoffelmehl und zerstampften Bohnen, gebraten in einer Pelle aus zerschnittenen Unterröcken. Die Esser wurden immer zahlreicher.
Gerda tauschte. Löffel gegen Eier, Tischdecken gegen Brot. Modelle, Mediziner und Schauspieler fühlten sich wohl. Und als es ihr im Lauf des Winters gelang, zehn Säcke Kohlen aufzutreiben, verließen alle kaum noch die Wohnung.
Hingebungsvoll hatte Gerda Hab und Gut für das Gefühl geopfert, endlich wieder Mittelpunkt, von

allen geliebt und begehrt zu sein. Die überfüllte Wohnung im von Zerstörung mehr und mehr gezeichneten Berlin war für sie ein paar Monate lang zu einem wohlhabenden Gutshaus geworden, in dem man Kunst und Wissenschaft pflegte, interessante Leute ein und aus gingen. Eine Welt, wie sie sich die Gräfin Gerda von Croneborg immer gewünscht hatte.

Ihr politisches Interesse war dahin. Mochte um sie herum auch alles in Flammen stehen, ihre Wirklichkeit sollte eine andere sein.

Im Frühling, als schon ganze Straßenzüge in Schutt und Asche lagen und das Elend jedem zum dunklen Schatten gewachsen war, teilte Selma ihrer Mutter eines Abends mit, daß sie und Jakob versuchen wollten, in Mecklenburg, irgendwo auf dem Land, unterzukommen.

»Aber warum denn?« Gerda war fassungslos, und Selma wurde heftig:

»Es geht ums Überleben, Mutter. Und für dich ist es höchste Zeit, das Land zu verlassen.«

Gerda hatte sich von ihrer Tochter hinausgeworfen gefühlt und sich augenblicklich zum Bleiben entschlossen.

»Geht doch!« Trotzig schlug sie die Tür hinter sich zu.

Immer häufiger gab es Alarm, vor allem nachts. Allmählich ging Gerda das Sirenengeheul auf die

Nerven. Wie gespenstisch die rennenden, vermummten Gestalten mit Körben und Taschen über die Treppe hinab in den Keller. Was hatte das alles noch mit den Idealen, um deretwillen sie in dieses Land gekommen war, zu tun? Die Einschläge in unmittelbarer Nähe! Die brennende Stadt!
Ihr »Kriegstagebuch«, ein dickes Heft mit festem Deckel und Etikett, das gewissenhaft zu führen sie sich vorgenommen hatte, war so gut wie leer geblieben. Und als sie es ein paar Wochen nach ihrer Rückkehr aus Deutschland unter ihren Sachen wiederfand, darin blätterte und feststellte, daß es nur auf zwei Seiten beschrieben war, verging ihr die Lust, ihren Verwandten daraus vorzulesen.
»Das sind viel zu intime Dinge«, hatte sie der enttäuschten Runde gesagt, die sich im Gutshaus ihrer Cousine eines Abends vor dem Kamin zusammengefunden hatte, um endlich einmal von jemandem, der ihn, den Krieg, miterlebt hatte, etwas davon zu hören.
Erst als in einer grauenvollen Nacht das Haus schräg gegenüber zusammengestürzt, Gerda am Morgen müde und mit zitternden Knien über die staub- und schuttbedeckte Treppe, vorbei an breiten Rissen in der Wand des Treppenhauses, zusammen mit Selma und den anderen in die Wohnung hinaufgestiegen war und sie durch zersprungenes Fensterglas drüben auf dem Trümmerberg einen heil gebliebenen Kin-

dertopf entdeckte, war Angst in ihr hochgestiegen. Geradezu Panik. So heftig, wie sie es noch nie erlebt hatte.
Für sie hatte es dieser Absurdität bedurft, gewahrte Gerda jetzt, um endlich in der Wirklichkeit anzukommen, um endlich zu verstehen, was geschah. Warum, um Himmels willen, hatte sie damals gedacht, war sie nicht längst abgereist? Sie hatte noch eine Pilgerschaft vor sich und außerdem noch ein Versprechen einzulösen.
Auf einmal hatte alles ganz schnell gehen müssen. Der Rest ihres Hausstandes hatte – dank eines glücklichen Zufalls – noch vor dem Abend auf einen Lastwagen verladen und in ein Bauernhaus außerhalb Berlins geschafft werden können, sie selbst ließ sich, nur mit dem Nötigsten versehen, von Selma zum Flughafen bringen.
»Hab Mut, mein Kind, was auch kommen mag, wir werden uns wiedersehen, und wenn es denn sein soll, vor Gott!«
Beim Anblick des Flugfelds, die rauchende Stadt hinter sich, war ihr vorübergehend geschwundenes Vertrauen auf das Jenseits zurückgekehrt.
Selma brachte ihre Mutter bis zur Treppe, und mit einer der letzten Maschinen, die Berlin vor Schließung der Grenzen hatten verlassen können, flog Gerda von Croneborg in ihre Heimat zurück.
In Stockholm wurde sie von niemandem empfan-

gen. Gerda ließ sich mit dem Taxi hinausfahren, bis ans Tor, und sie sah sich langsam, mit dem Koffer in der Hand, die Allee hinunter auf das Haus zugehen. Schwarze Fensterhöhlen blickten sie an, aus dem oberen Stock winkte ihr gespenstisch weiß eine Gardine entgegen. War denn auch hier Krieg gewesen?

Plötzlich hatte Gerda sich an den Traum erinnert, den sie lange Jahre zuvor geträumt hatte, damals, als ihr Bräutigam Arnold von Weissmantel über Land gefahren war, um für sich und seine junge Frau nach einem Gut zu suchen. Überglücklich hatte er ihr nach seiner Rückkehr von einem Kauf berichtet, und sie hatte ihn, entsetzt über seine Eigenmächtigkeit, erschrocken gefragt, ob es das Haus mit den schwarzen Fenstern sei. Aber er hatte lachend geantwortet: »Nein, schwarze Fenster hat es nicht.«

Erst nach ihrer Rückkehr aus Berlin also war der Traum Wirklichkeit geworden.

Die Haustür stand offen, mit hallenden Schritten ging Gerda durch die feucht gewordenen Zimmer, öffnete Schränke und Schubladen und starrte auf ihre von Säure zerfressenen Kleider.

»Und der Mieter, Gräfin, war ein Jude.« In einem der Fensterrahmen erschien der Kopf des Gärtners, und der Alte flüsterte, als befände sie sich in einem Totenhaus.

Mit einemmal war Gerda klargeworden: Der Mieter hatte sich gerächt, und den Rest hatten die Nachbarn besorgt. Sie mußten von ihrer Begeisterung für Hitler gewußt haben.

Am nächsten Morgen war sie zu ihrer Cousine nach Enköping geflohen und hatte dort – schweigsam und ohne Gäste – wenige Tage später ihren fünfzigsten Geburtstag begangen.

Erst jetzt sah Gerda, in welcher Weise durch den Krieg in ihr Leben eingegriffen worden war. Als sie das Haus verwüstet vorgefunden hatte und wenige Tage später auch der Rest ihres Besitzes vor den Toren Berlins in Flammen aufgegangen war, hatte ihr von Kindheit an als selbstverständlich hingenommenes Reichsein ein Ende. Damals hätte sie ein anderes Leben beginnen und sich die Freiheit erwerben können, nach der sie sich früher als junge Frau gesehnt hatte und um derenwillen sie aus ihrer Familie und ihrer Ehe ausgebrochen war.

Aber nach ihrem fünfzigsten Geburtstag hatte sie sich, wie sie jetzt sah, schon so weit von ihren Idealen entfernt, daß sie die Möglichkeit für einen Neubeginn nicht wahrgenommen hatte. Im Gegenteil: Mit dem wenigen, was ihr geblieben war, hatte sie einen aufwendigen Lebensstil vorgetäuscht und krampfhaft an dem festzuhalten versucht, was ihr einst zutiefst verhaßt gewesen war.

Wie lächerlich und albern diese auf ihrer Lebensbühne alt gewordene Gräfin. Wie beschämend, diesem gierigen Wunsch, einen Schein zu wahren, verfallen zu sein.

Warum hatte sie das heruntergekommene Herrenhaus mit allen Nebengebäuden wieder instandsetzen wollen, diese sinnlosen Kämpfe mit den Mietern geführt – selbst in die Ruine wieder einzuziehen, stand für sie außer Frage – und sich immer mehr verschuldet? In der Not hatte Gerda nach wie vor Zuflucht bei den angeblichen Verfolgern gesucht und sie für ihr Scheitern verantwortlich gemacht.

Nach dem kurzen Aufenthalt bei ihrer Cousine war Gerda von Croneborg bei anderen Verwandten untergekommen. Man hatte sie freundlich herum-, aber auch weitergereicht. Zu ihren Geschwistern hatte sie sich aus Angst vor Vorwürfen nicht getraut.

Sie sah sich streiten, allen Vorschriften machen und von großen Plänen erzählen. Jedem hatte sie imponieren wollen und sich nach und nach mit allen überworfen. Sie versuchte, eine Galerie zu eröffnen, und schickte, um den Schein der wohlhabenden Gräfin zu wahren und die Kontakte zu ihren Studienkollegen aufrechtzuerhalten, großzügige Päckchen nach Berlin, zusammengebettelt aus den Speisekammern ihrer Verwandten.

Zwei Jahre nach dem Krieg entschloß sich Gerda von Croneborg, ganz der Kunst zu leben, einen

Filmverleih aufzuziehen und Bildhauerei zu betreiben. Sie wollte Karriere machen, um so schnell wie möglich Geld zu verdienen. Viel Geld! Sie wollte das Herrenhaus wieder herrichten lassen, selbst wieder einziehen und dort in Ruhe endlich ihr Buch über die heilige Birgitta schreiben. In Wohlstand gedachte sie, ihre Pilgerschaft wieder aufzunehmen, nach Santiago de Compostela zu reisen und eines Tages, wenn es endlich soweit war, das Fest für Per auszurichten. In glanzvollstem Rahmen.

Gerda beendete die Odyssee durch die Gutshäuser ihrer Verwandten und zog in die große Wohnung am Bildhuggarvägen in Stockholm. Die Adresse verstand sie als gutes Omen für den Beginn ihres künstlerischen Lebens.

Einen Moment lang kehrte Gerda von Croneborg mit ihrem Bewußtsein in die Wirklichkeit zurück. Sie wußte sich auf der Parkbank, hörte ein Knacken, spürte den Rauhreif auf ihrem Gesicht und starrte in die Dämmerung. Sie sah gespenstisch starre Bäume und hinter struppigem Gebüsch, ein Stück nur von ihr entfernt, einen hellen Kiesweg.
Sie war in Schweden? Sie mußte jetzt in Rom sein und dann nach Jerusalem reisen und von dort über Ischia nach Hause zurückkehren. Wieso war sie jetzt hier, und warum war ihr so kalt?
Langsam glitt sie mit ihrem Bewußtsein wieder hinüber, die Empfindungen ihres Körpers hörten auf, und der Park verschwand.

Vor dem Krieg.

Gerda sah sich in den Jahren vor dem Zweiten Weltkrieg. Doch den dunklen Schatten, in deren Macht sie sich durch die in Wellen aufgetretenen Zustände des Gefühls von Verfolgtsein damals geglaubt hatte, begegnete sie nicht. Und wie elend hatte sie sich gefühlt! Jetzt aber fand sie bestätigt, was sie lange befürchtet, sich aber niemals eingestanden hatte: Die Phänomene, unter denen sie damals gelitten hatte, gab es nicht.

Ausgelöst durch ihre Lehre bei Otto von Wolkenstein in ihrem fünfunddreißigsten Lebensjahr, hatte sie sich, wie ihr jetzt schmerzhaft bewußt wurde, alles nur eingebildet und als Vorwand benutzt, um Begonnenes – oft und oft – bedenkenlos wieder aufgeben und sich jeglicher Verantwortung für ihr Handeln entziehen zu können. Die angeblichen Verfolger waren nur Vorwand gewesen, Schweden zu verlassen, ja, sogar jahrelang auf weite Reisen zu gehen.

Drei Jahre vor Ausbruch des Krieges war sie bis in den Vorderen Orient gelangt. Auf der Flucht vor den »dunklen Mächten« hatte sie, gemeinsam mit ihrer Tochter, in der Obhut einer evangelischen Reisegesellschaft Jerusalem erreicht, nachdem ein Jahr zuvor der Besuch beim Heiligen Vater durch Selmas Verschulden nicht zu dem erhofften Ziel geführt hatte. Irgendwann nämlich hatte sich in Gerdas

Kopf die Idee festgesetzt, daß sie allein durch den Segen des Papstes ihre Verfolger würde abschütteln und die bedrohlichen Stimmen zum Schweigen bringen können, daß nur durch ihn dem nächtlichen Spektakel, von dem sie sich immer wieder heimgesucht geglaubt hatte, Einhalt zu gebieten sei.

Schon seit langem hatte ihr schwedischer Protestantismus nicht mehr gereicht, und auch ihre eigenen magischen Fähigkeiten, gebannt durch diese Übermacht, hatten versagt. In ihrem zweiundvierzigsten Lebensjahr hatte Gerda von Croneborg beschlossen, es mit dem Katholizismus zu versuchen. Und ohne lange zu zögern, hatte sie ihr Pensionat für höhere Töchter, das sie damals nach ihrer Flucht aus Stuttgart in Lausanne eröffnet hatte, geschlossen und sich Anfang April, zu Beginn der Passionszeit, zusammen mit ihr nach Rom begeben.

»Wenn ich nur wüßte, was sie eigentlich gewollt hat«, sagte Knut von Croneborg und drehte sich auf die Seite.

Eine ganze Weile schon hatten er und Johanna geschwiegen und versucht zu schlafen. Aber es war ihnen beiden, wie Knut am Atem seiner Frau festgestellt hatte, nicht gelungen. Er machte Licht, hob die Beine aus dem knarrenden Bett, richtete sich mühsam auf und rieb den schmerzenden Rücken. Dann setzte er die Brille auf. Die Uhr auf dem Nachtschrank, der zwischen den beiden Betten stand, zeigte kurz vor halb fünf.

War da nicht eben ein Geräusch gewesen, im Zimmer seiner Schwester, nebenan? Der alte Graf lauschte.

»Heute abend?« Mit blinzelnden Augen sah Johanna ihren Mann an.

Aber Knut, weil er sich den Zeh an seinen Schuhen vor dem Bett gestoßen und auch weil er beim Horchen gestört worden war, machte eine unwillige Bewegung. »Nein, nicht heute abend! Ich meine: überhaupt.«

Johanna verstand ihn nicht und schloß wieder die Augen. Und wieder schwiegen beide eine Weile.

Im schwachen Licht der kleinen Lampe sah Knut den Kopf seiner Frau auf dem weißen Kissen, umgeben von ihrem aufgelösten, farblosen Haar, sah den eingefallenen, ohne Zähne lippenlosen Mund, die

Schleife am Kragen des Spitzennachthemds, die schmalen Schultern. Im Dämmerlicht, überdeckt von bläulichem Weiß, verschwamm ihre Gestalt. Wie aufgebahrt sieht sie aus, dachte er.

Ein schrecklicher Abend, eine schreckliche Nacht, dachte Johanna. Für einen Moment hob sie die Lider: Ungewohnt und fremd der Anblick ihres mit nackten Füßen, noch in langer Unterhose und Smokinghemd, unbeholfen und schwerfällig auf dem Bettrand sitzenden Mannes. Im Lichtkegel blendete sie das Weiß seiner Knie. Johanna drehte den Kopf zur Wand.

»Ich meine, was Gerda in ihrem Leben gewollt hat«, sagte Knut. »Sie war doch so anders als wir alle. Immer wußte sie so komische Geschichten, und immer hat sie irgendwelche Ahnungen gehabt. Schon als Kind. Nie war sie zufrieden, und immer wollte sie noch mehr. Ich glaube, sie wollte begreifen, was man nicht begreifen kann. Einfach alles. Sie hat einfach nicht akzeptieren können, daß dem Menschen Grenzen gesetzt sind. Und wie eitel sie dabei war! Immer mußte sie die Erste und Beste sein. Schade, daß sie nicht so war wie du, Johanna!«

Knut sah seine Frau zärtlich an, und dennoch, als er sie im schwachen Licht mit geschlossenen Augen, in ihrem ordentlichen Nachthemd in dem sauberen Bett liegen sah, glaubte er mit einemmal etwas von Gerdas ihm bisher unverständlichen Sehnsucht

nachempfinden zu können. Heraus aus Ordnung und Anstand, aus dem »Wie es immer gewesen war«! Heraus aus der bleiernen, schon in die Wiege gelegten Vorbestimmtheit! Leben! Das Leben als Wagnis! Über jedem der fünf Kinderbetten zu Hause, damals, und auch noch über dem Grab der kleinen Schwester Lisa, hatte auf einem Täfelchen das Wort »Gehorsam« gestanden. Und bei großen Festen, zwei-, dreimal im Jahr, gleich nach dem Essen, wenn sich die Herren zum Punsch ins Herrenzimmer zurückgezogen hatten, waren sie vorgeführt worden, die Kinder. Den Damen im Salon. Man hatte sie gelobt und getadelt, ein bißchen an ihnen herumgezupft und sie ein bißchen hin- und hergeschoben und immer darauf acht gegeben, daß alles der Norm entsprach.
An ihrem vierzehnten Geburtstag hatte Gerda in ihr Tagebuch geschrieben: »Von der Larve zur Puppe.« Wie hatten die Geschwister, die dahintergekommen waren, gelacht! Den Schmetterling hatten sie sehen wollen. Ob er auch fliegen konnte?
Allerdings, dachte Knut, und wie! Der Schmetterling hatte seine schillernden Flügel gestreckt und, vor allem, sich selbst in der Sonne gefallen. Nur, schon bald war er häßlich geworden, sehr häßlich, seine Flügel waren kaputtgegangen, und er war abgestürzt. Alles im Leben seiner Schwester war mißlungen.

Kann man denn, fragte sich der alte Graf, nicht auch trotz Besitz und Familie frei sein? Trotz aller Tradition? Er blickte auf seine nackten Füße, die kalt geworden waren, und verspürte mit einemmal Lust, von vorne anzufangen, es noch einmal zu versuchen – das Leben – und alles ganz anders zu machen. Vielleicht besser. Er seufzte. Launen, dachte er, nichts als Launen.
Johanna hatte, erstaunt über die zärtlichen Worte ihres Mannes, die Augen wieder geöffnet, und, als sie merkte, daß er in Gedanken schon weiter, woanders hingegangen und nicht mehr in ihrer Nähe war, schnell wieder geschlossen.
»Du erkältest dich, Knut«, sagte sie, »bitte leg dich wieder hin und deck dich zu. Außerdem blendet mich das Licht.«
Wie von weither hörte der alte Graf die Stimme seiner Frau. Und er gehorchte. Denn, dachte er, wohin soll das alles führen?
Er legte die Brille beiseite, löschte die Lampe und streckte sich aus. Bald darauf waren beide eingeschlafen.

Rom. Die Verwandlung. Die Audienz. Der Maler.

Gerda sah sich im Zug unterwegs nach Rom. Im selben Zugabteil wie sie, ihre Tochter und, versteckt im Rucksack auf dem obersten Etagenbett, ihr kleiner Hund, reiste Mutter Elisabeth, Äbtissin des schwedischen Klosters der heiligen Birgitta in Rom. Sofort schilderte Gerda der Reisegefährtin ihre Lebenskrise, und die alte Nonne nickte verständnisvoll, als sei ihr alles wie überhaupt jedes Übel dieser Welt bekannt und läge, längst überwunden, weit hinter ihr. Ohne Umschweife lud sie die schwedische Gräfin und deren Tochter ins Kloster in die Via delle Isole ein und ersuchte nach ihrer Ankunft umgehend um eine Privataudienz beim Papst für die beiden.

Doch auch für eine Mutter Elisabeth war bei Monsignore Maestro di Camera vor Karmittwoch nichts zu erreichen, und sie entschuldigte sich bei Gerda und bat sie, während der verbleibenden Tage ihr Gast zu sein. Vorausgesetzt, daß ihr die einfache Unterkunft genüge. Gerda war wegen der Verzögerung keineswegs bestürzt. Im Gegenteil. Sie hatte sich bereits entschlossen, auch nach der Audienz in Rom zu bleiben. Als sie nämlich am frühen Morgen aus dem Zug gestiegen war, hatte sie über der Stadt die Sonne aufgehen sehen, und es war ihr so vorgekommen, als sei sie von einem Augenblick zum

nächsten in eine andere Haut geschlüpft. Noch ganz anderes, als ihr bisher bekannt war, mußte es auf dieser Welt geben.
Rom.
In einer schwankenden Kutsche über holpriges Pflaster hinweg tauchte sie ein in die Ewige Stadt. Skandinavien und Mitteleuropa lagen weit hinter ihr.
Selma kannte ihre Mutter kaum wieder. Andauernd fragte sie: »Wollen wir nicht lieber nach Hause fahren?«
Aber Gerda hatte gemeint, kein Zuhause mehr zu besitzen. Dem Norden war sie entkommen, dem Süden verfallen – willenlos hatte sie sich ihm hingegeben, hatte begonnen, ihm zu lauschen, ihn auszukosten, ihn zu riechen und zu schmecken. Jeden Tag kaufte sie sich und Selma frische Feigen, Pfirsiche und Orangen. Der Fruchtsaft lief ihr über Hände und Kinn. Sie fühlte sich glücklich und lachte. Und das war schon seit langem nicht mehr vorgekommen.
Wie im Rausch eilte Gerda mit ihrer Tochter über Straßen und Plätze, besuchte Kirchen und Klöster. Im Spiel von Hell und Dunkel hatte sie immer aufs neue die Wärme mit angenehmer Kühle vertauscht. Michelangelo, Raffael, Bernini.
Sie nahm den Rhythmus dieser Stadt auf, ihre Atemlosigkeit und ihre Trägheit. Wie hätte sie in Schweden je begreifen sollen, was Mittagshitze ist.

Gleißend das Licht, blau-schwarz die Schatten. Die Fensterläden verschlossen, kein Mensch in den Straßen. Weit weg, in der Stille, ein Grammophon. Die Bewegungen der struppigen Katze, über die heißen Steine der Mauer hinweg, hinein in das Dunkel am Brunnen, lautlos. Rascheln, zwischen Staub und Geröll ein kleiner Kopf, zwei flinke Augen. Eidechsen. Mit sinkender Sonne allmähliches Erwachen. Türenöffnen.

Und wie die Abende. Oft hatte Gerda später versucht, ihren Freunden zu Hause die Abende in Rom begreiflich zu machen.

Alle Menschen auf der Straße, alle Fenster geöffnet, wehende Vorhänge im lauen Wind, Stimmen und Lachen und Gläserklirren. Glänzende Augen. Musik und Musik und Musik. Gierig und scheu die Katzen unter den Tischen draußen vor den Cafés und Tavernen. Die Jacken über den Lehnen der harten Klappstühle, erst spät in der Nacht über den Schultern.

Eine umgekrempelte Welt, die dunklen Gespenster des Nordens schienen geflohen zu sein. Ein Jahr lang schwiegen Gerdas Stimmen. Fast hätte sie damals vergessen, warum sie mit Selma nach Rom gekommen war.

Am Vortag der Audienz war ihr von Mutter Elisabeth mitgeteilt worden, wo sie sich am nächsten Morgen einzufinden habe, und Gerda hatte, um für den Heiligen Vater geschmückt zu sein, noch rasch den Friseur auf der Piazza di Spagna aufgesucht. Am nächsten Morgen zog sie ihr schönstes Kleid an, flocht Selma einen Blumenkranz ins Haar und betrat durch das Bronzetor den Apostolischen Palast des Vatikan. Vorbei an der Schweizer Garde, die Scala Papale hinauf, wartete sie drei Stunden im Sala Clementina. Um sie herum viele andere.

Plötzlich »Papale, papale!«, ging alles sehr schnell. Die Wartenden sanken auf die Knie, die lauten Rufe der Kämmerer verstummten, und bei gedämpftem Glockenklang betrat der kleine, weiß gekleidete Mann, nachdem er seine mit Federn geschmückte, in Reih und Glied verharrende Nationalgarde passiert hatte, den bilderreichen Saal. Rasch eilte er von einem zum andern, hielt über jeden sein Kreuz und reichte die Hand zum Küssen des Rings.

Gerda hatte bemerkt, wie Selma zurückwich, aber auf den Schrei war sie nicht gefaßt. Sie hatte geglaubt, ihr Herz setze aus, und war dann vornüber gefallen. Aus den Augenwinkeln hatte sie den Ausdruck unwilligen Erstaunens auf dem wachsgelben Gesicht des Papstes gesehen.

Lange hatte ihre Ohnmacht nicht gedauert, aber sie hatte sich durch den Sturz auf den blanken Marmor eine Beule an der Stirn zugezogen und sich, nachdem sie Gründonnerstag und Karfreitag im Bett geblieben war, in dem Gefühl, gezeichnet und nicht gesegnet worden zu sein, auch zu den Feiern des römischen Osterfestes nicht aus dem Kloster getraut. Nie war aus Selma herauszubekommen, warum sie geschrien hatte.

Voller Abscheu stellte Gerda jetzt fest, daß sie ihrer kleinen Tochter Vorwürfe über jedes Maß hinaus gemacht und das Kind völlig verschreckt hatte. Ungerechterweise hatte sie ihr sogar angelastet, schuld an der nun sehr wahrscheinlichen Wiederkehr der Gespenster zu sein.

Kurz darauf mußte sie einen römischen Arzt ins Kloster bitten lassen, da ihre Tochter krank sei. Der ahnungslose Mann konnte sich das hohe Fieber nicht erklären, empfahl aber vorsichtshalber schwarze Tropfen, die Gerda, nachdem sie sie gekostet hatte, ihrer Tochter vorenthielt, und dadurch, wie sie fest überzeugt gewesen war, das Leben des Kindes rettete.

Der Segen Pius XI. war ein für allemal verwirkt, an eine zweite Privataudienz nicht zu denken gewesen. Später hatte Gerda zugegeben, daß sie von der Begegnung maßlos enttäuscht gewesen sei. Schließlich habe sie, eine schwedische Gräfin, um Audienz ersucht, nicht nur um den Segen zu empfangen, sondern auch um diesem Papst mitzuteilen, warum sie, eine Protestantin, aus dem Norden Europas nach Rom gekommen sei. Eigentlich sei er gespenstisch gewesen, dieser marionettenhaft stumme, etwas feiste, kleine Mann, der seine wächserne Hand mit dem Ring aus dem weißen Ärmel hatte hervorschnellen lassen und mit winzigen rötlichen Augen, während er vor dem einen gestanden, durch seine schmalrandige Brille schon zum nächsten geblickt hatte. In guten Stunden hatte Gerda ihrer Tochter später den Schrei als Schreck, in schlechten nach wie vor als pure Bösartigkeit ausgelegt.

Unverständlicherweise hatte sie nach der Genesung ihrer Tochter nicht die Koffer gepackt und die Heimreise angetreten, wie es für sie und ein fünfzehnjähriges Mädchen vernünftig gewesen wäre. Nach Gerdas Aufenthalt in Stuttgart und Lausanne hätte Selma dringend wieder Unterricht in ihrer Muttersprache und ein richtiges Zuhause gebraucht. Gerda sah sich umziehen.

Drei Wochen nach Ostern wechselte sie aus dem kargen Zimmer im Kloster der heiligen Birgitta in Rom, das sie mit ihrer Tochter geteilt hatte, in ein luxuriöses Appartement in unmittelbarer Nähe der beiden Marienkirchen, Santa Maria degli Angeli und Santa Maria della Vittoria, im Glauben, ihre Verfolger damit abzuschrecken. Sie lernte Italienisch, bestellte Ballett- und Geigenunterricht für ihre Tochter und ließ sie in ihrer Gegenwart von Guiseppe Alvardi, einem jungen Maler, porträtieren. Seine Bekanntschaft verdankte sie der schönen Tradition der Straßenmalerei, die er täglich zwi-

schen zehn und elf auf der Piazza di Spagna pflegte. Bei Capuccino und Grappa im abseits gelegenen Café Vesuvio war man sich näher gekommen und hatte es nicht bei diesen über das kühle Marmortischchen hin und her geschobenen Köstlichkeiten bewenden lassen.
Gerda sah diese etwas über vierzig Jahre alte blonde, schlanke Frau, kopflos in ihrer Verliebtheit, die, ihre Vorstellung von Emanzipation und Veränderung der Gesellschaft völlig beiseite geschoben, eine fünfzehnjährige Tochter in einer fremden Stadt fast ein Jahr lang hatte Vivaldi spielen und Ballett tanzen lassen, um in Krawattengeschäfte und Konditoreien zu eilen, verwegene Päckchen zu packen und sie einem schwarzlockigen, temperamentvollen, aber – wie sie jetzt sah – krummbeinigen, verschwitzten jungen Mann zu Füßen zu legen. Guiseppe war bei ihren eindeutigen Besuchen zunächst sehr verlegen. Aber dann hatte er die Krawatten getragen, gemeinsam hatten sie die Süßigkeiten gegessen, und in den wenigen Stunden des Zusammenseins hatte anderes den Mangel an gemeinsamen Vokabeln ersetzt. Am liebsten hätte Gerda Guiseppe alle Sterne über Rom vom Himmel geholt.
Immer häufiger sah sie sich die Bank in der Via Nationale aufsuchen, dann das Telegraphenamt in der Piazza S. Silvestro. Gegen Ende ihrer Zeit in Rom hatte sie fast täglich ihren Bruder angerufen

und ihn, da er ihr kein Geld leihen wollte, um den offiziellen Rückkauf einiger Erbstücke gebeten. Allein diese Ferngespräche hatten den sparsamen Gutsbesitzer Knut von Croneborg rasend gemacht. Und er war auf den Handel mit ihr nur eingegangen, weil sie ihm angedroht hatte, sich sonst um andere Käufer zu bemühen.
In Rom, das gewahrte Gerda jetzt, hatte sie jene Grenze überschritten, die eine strenge Erziehung ihrem Hang zu Verschwendung und Maßlosigkeit gesetzt hatte.
Es wurde Herbst, Winter und Weihnachten, und Gerda bemerkte es kaum. Und im Frühling war sie immer noch genauso verliebt in Guiseppe Alvardi wie damals, an jenem Karfreitag ein Jahr vorher, als sie ihn auf dem Weg zum Friseur auf der Piazza di Spagna zum erstenmal gesehen hatte. Und was wäre aus ihr und was aus Selma geworden, wenn Donna Anna, Guiseppes kleine Frau, am Abend vor Palmsonntag nicht zu früh von der Prozession nach Hause gekommen wäre, alles entdeckt und aus Wut und Eifersucht Gerdas kleinen Hund vergiftet hätte? Selma hatte schrecklich geweint, als Gerda die Wohnung mit ihm auf dem Arm betrat und das Tier mit weißem Schaum vor der kleinen Schnauze alsbald verendet war. In dieser Nacht waren, bei völliger Windstille, die Fenster krachend zugeschlagen, und, erschrocken aus dem Schlaf hochfahrend, hatte

Gerda gemeint, Annas Fratze an der Scheibe zu sehen. Sofort war der Verfolgungswahn wieder ausgebrochen, und, zitternd vor Angst, hatte sie die Zeit bis zum Morgen aufrecht in ihrem Bett sitzend verbracht. Nach dem Frühstück packte sie sofort die Koffer, bat eine Nachbarin um Benachrichtigung des Vermieters und ließ sich noch am Abend ihres zweiten Palmsonntags in Rom mit ihrer Tochter zur Stazione Termini bringen.
Hinter sich im Westen sah sie die Sonne untergehen, und augenblicklich kehrte sie in die Rolle der kränkelnden, etwas neurotisch veranlagten schwedischen Gräfin zurück. Noch auf dem Bahnhof hatte sie alles, was ihr in dieser Stadt widerfahren war, für nichtig erklärt und nie wieder in ihrem Leben an Guiseppe Alvardi gedacht.

Die Reisegesellschaft.
Im dämmrigen Licht sah Gerda auf einem der Geleise einen Zug stehen, dessen letzter Waggon von einem wappenförmigen Plakat mit Kirche, Kreuz und Palme und der Aufschrift »Orient Kaiser« überklebt war. Davor, auf dem Bahnsteig, eine kleine Gruppe alter Damen und Herren. Offensichtlich hatten sie den kurzen Aufenthalt benutzt, um Zeitungen, Obst und Kekse einzukaufen. Nicht zu übersehen war ein alter Herr in schwarzem Anzug

mit Zylinder und weißem zweigeteiltem Bart, der alle um Kopfeslänge überragte und – wie ein Pastor auf der Kanzel – gütig um sich blickte. Später hatte er sich Gerda vorgestellt: Herr Kaiser persönlich, tatsächlich nicht nur Pastor, sondern auch ein weit über Deutschlands Grenzen hinaus bekannter und bedeutender Orientkenner, unterwegs ins Heilige Land mit einigen seiner schwäbischen Gemeindemitglieder.

Selma, neugierig, weil dort deutsch gesprochen wurde, ging auf die Gruppe zu, und der alte Herr fragte sie freundlich:

»Wohin reisen wir denn?«

Erschrocken blieb das Kind stehen und antwortete aus Versehen: »Det vet jag inte«, und sofort stürzte eine der alten Damen herbei: »Ein schwedisches Kind, allein in Rom, und es weiß nicht, wohin es will. Wir müssen ihm helfen!«

Gerda kam ihrer Tochter zu Hilfe, alles klärte sich, und erleichtert bestieg die Gruppe wieder den Zug. Herr Kaiser drehte sich noch einmal um und fragte: »Woher kommt es denn, daß Ihr Kind nicht weiß, wohin die Reise geht? Ist es nicht ganz gesund?«

Und wenn er diese Beleidigung, wie Gerda die Frage auffaßte, damals nicht ausgesprochen hätte, wäre sie, wie sie jetzt sah, niemals in ihrem Leben nach Jerusalem gelangt. Niemals wäre ihr die heilige Birgitta erschienen und hätte sie auf das Versprechen

hin, eine Pilgerschaft anzutreten und ein Buch über sie zu schreiben, aus den Fängen der Schwarzmagier befreit. Daß sie sich damals auf dem Bahnhof in Rom tatsächlich noch nicht im klaren darüber gewesen war, wohin sie eigentlich reiste, hätte Gerda sonst niemals zugegeben. Sie hätte irgendein Ziel genannt, die Gruppe samt Herrn Kaiser wäre abgefahren, und sie hätte den nächstbesten Zug gen Norden genommen. Aber um den häßlichen Verdacht von ihrer Tochter abzuwenden, hatte sie dem alten Herrn, absichtlich ein wenig kokett im Ton, zugerufen:
»Wir haben uns tatsächlich noch nicht entschieden.« Und er hatte es sich nicht nehmen lassen, »Dann reisen Sie doch mit uns nach Jerusalem, gnädige Frau«, zu antworten.
Warum nicht? Keinen Augenblick hatte Gerda gezögert. Das Geld würde, wie sie rasch überlegt hatte, reichen, und Selma würde mit dem Schulunterricht noch ein paar Wochen warten können. Außerdem war sie ziemlich sicher gewesen, daß ihre Verfolger es schwer haben würden, sie unter diesen frommen Gesichtern ausfindig zu machen. Wenn schon der Papst nicht hatte helfen wollen, von Jerusalem, vom Heiligen Grab aus würde sie Heilung erfahren! Erstaunlich, daß sie nicht schon viel früher auf den Gedanken gekommen war. Welch ein Glück, am Palmsonntagabend gerade noch rechtzeitig auf den römischen Bahnhof gekommen zu sein.

Rasch lud man ihr Gepäck ein, die Türen schlossen sich, und Gerda von Croneborg und ihre Tochter Selma traten, von achtzehn Damen und fünf Herren im Alter zwischen fünfundsechzig und dreiundachtzig Jahren begeistert als jugendliche Mitreisende aufgenommen, im Waggon »Orient Kaiser« die Reise »Ostern in Jerusalem« an.
Von Neapel aus, wo Herr Kaiser einen ihm befreundeten und in solchen Angelegenheiten hilfreichen Beamten aufgesucht und mit Gerdas Einverständnis für die übliche Extrasumme Visa und vor allem Impfpässe mit den zur Einreise nach Palästina nötigen Eintragungen für sie und ihre Tochter besorgt hatte, ging die Reise am Nachmittag des folgenden Tages per Schiff weiter.
Der Luxusdampfer »Esperia« brachte die Reisenden, an Messina vorbei, zunächst nach Syrakus und, nach einem kurzen Aufenthalt zur Besichtigung der Kathedrale und der Katakomben, von dort direkt nach Haifa. Mit an Bord waren noch weitere Reisegruppen, und geistliche und weltliche Interessen prallten zuweilen heftig aufeinander. Neben der Schiffsküche, hinten im Zwischendeck, hatte Herr Kaiser einen Raum zur Andacht eingerichtet, und schon morgens, wenn sich die frommen Schwaben, begleitet von einer Ostpreußin und einer schwedischen Gräfin samt kleiner Tochter, zum Gebet einfanden, teilte sich das, was sie später auf der Speise-

karte lesen konnten, ihren Nasen mit und störte ihre Andacht erheblich. Herr Kaiser hatte eine Palästinakarte aufgehängt, und, begleitet von Luise Malliens immer sehr laut bekundetem Erstaunen, versuchte er, während dieser viereinhalb Tage dauernden Schiffsreise seine Schäfchen auf das vorzubereiten, was sie demnächst mit eigenen Augen sehen sollten.

»Ei, wei, der Felsendom«, nein, das hätte die alte Dame aus Königsberg nicht gedacht, daß der im 16. Jahrhundert mit fünfundvierzigtausend farbig glänzenden Fayencefliesen ausgeschmückt worden war. Wie interessant!

Gerda sah sie mit Federkiel ihr Notizbüchlein vollschreiben. Sie selbst hatten diese altmodischen Vorträge nur amüsiert – diese Art, sich zu bilden, war ihr vollkommen fremd. Wozu sollte sie sich all die Zahlen und Maße merken? Sie wollte Jerusalem und die Grabeskirche sehen, aber nie wäre sie auf den Gedanken gekommen, Steine, Säulen oder Fenster nachzuzählen. Und sie würde, das hatte sie sich während der Überfahrt vorgenommen, ihre eigenen Erfahrungen machen, die alte Herren wie Herrn Kaiser und seine gläubigen Reisegefährten nichts angingen.

Am Gründonnerstagabend war sie der Andacht und der sich anschließenden besinnlichen Stunde im Zwischendeck neben der Schiffsküche fernge-

blieben und hatte sich statt dessen mit Selma auf das Oberdeck gesetzt.
Linker Hand, im Abendlicht, zog Kretas Küste vorbei. Langsam, nach und nach, gingen über ihnen, zum Greifen nah, wie Gerda es empfunden hatte, die Sterne auf, und sie hörte sich im Liegestuhl neben ihrer beinebaumelnden Tochter sagen:
»Schön, nicht?« Aber von Selma kam keine Antwort. »Warum sagst du nichts?«
Wie herrlich hatte sie es sich vorgestellt, neben ihrer Tochter im lauen Abendwind auf dem Schiffsdeck zu sitzen, voller Vorfreude auf Jerusalem in die Sterne zu gucken und sich dabei zu unterhalten. Und dieses Kind sagte nichts.
Nie hatte Gerda bisher bedacht, daß ihre Tochter in all den Jahren des engen Zusammenlebens mit der Mutter, im ständigen Wechsel der Orte und Sprachen, vollkommen vereinsamt war. Wenig von dem, was ihr Freude bereitet hatte, war für das Kind von Bedeutung gewesen. Wie grauenhaft, damals mit diesen alten Leuten, erst im Zug und dann auf engem Schiffsraum zusammensein, ständig von ihren Abneigungen zu gewissen Speisen und von ihren Unpäßlichkeiten hören zu müssen. Wie abstoßend, sie mühsam die Schiffsleitern hinaufklettern zu sehen und immer wieder dem Anblick altmodischer Altdamenunterwäsche ausgeliefert zu sein.
Damals hatte Gerda ihre kleine Tochter nicht ver-

standen und beleidigt das Deck verlassen, als diese ihr auf die nochmalige Frage, ob sie sich denn etwas Schöneres vorstellen könne, als das, was sie sähe, »Ja, Onkel Knuts Pferdestall« geantwortet hatte. Schon sehr früh, das gewahrte Gerda jetzt, mußte der Abgrund zwischen ihr und ihrer Tochter aufgerissen sein, über den Brücken zu schlagen sie sich später niemals ernsthaft bemüht hatte. Im Gegenteil. Immer nur tiefer hatte sie ihn durch ihr störrisches Verhalten werden lassen. Ein Leben lang. Wenn sie doch einmal zur Besinnung gekommen wäre! Was alles hätte sie ändern können. Oft, im Lauf der Jahre, wie sie jetzt sah, war Selma auf sie zugegangen, aber immer wieder von ihr, der Mutter, zurückgestoßen worden.

Jerusalem. Die heilige Birgitta. Die Pilgerschaft.
Vielfältig, bunt und verworren. Beim Verlassen der »Esperia« im Hafen von Haifa war Gerda dem Sog und der Faszination der orientalischen Welt verfallen.
Sie sah sich innerhalb der kleinen Reisegruppe – Herr Kaiser groß und schwarz immer voran – mit ihrer Tochter zwischen Arabern, Juden und Christen aus aller Welt verschwinden, zwischen Kefiyas, Tüchern, Turbanen, Fezen, Kappen und Hüten wieder auftauchen, umgeben von fliegenden Händlern,

verschleierten Frauen, pilgernden Mönchen, Bettlern und Eseln. Überall Geschrei. Alles in ständiger Bewegung. Alle schienen wie sie auf dem Weg nach Jerusalem zu sein.
In Privatautos ging die Reise weiter, chauffiert von verwegenen, braunhäutigen, schwarzäugigen, weißlachenden jungen Männern. Lehmhütten, Kirchen und Moscheen tauchten vor Gerda auf, verschwanden wieder im Staub der Sandwege.
Über den Karmel, durch Galiläa, gelangte die kleine Gruppe über Nazareth zunächst nach Tiberias und übernachtete dort, nach einer romantischen Bootsfahrt auf dem See Genezareth, in einem evangelischen Hospiz. Am frühen Ostermorgen, vor Aufgang der Sonne, machten sie sich auf den Weg nach Jerusalem.
Den Anblick der Stadt von weitem, auf den Gerda sich so gefreut hatte, verpaßte sie. Übermüdet vom vergangenen Tag, war sie trotz holpriger Straße in dem sechssitzigen Auto, das schwäbische Geschwätz wie leichten Singsang um sich herum, für wenige Augenblicke eingenickt.
Erst am Herodestor weckte Selma sie.
Jerusalem. Die Gassen. Dichtes Gedränge. Nur im Schrittempo kam das Auto voran. Aber noch rechtzeitig zu Beginn einer der vielen Liturgien an diesem Tag fand sich die kleine Reisegruppe in der sogenannten Engelskapelle der Grabeskirche ein. Doch

als Gerda dann endlich in diesem kaum überschaubaren Gebäude stand, hatte ihr so etwas wie Andacht oder Besinnung auf das große Fest nicht gelingen wollen. Viel zuviel um sie herum lenkte sie ab. Räuchern, Singen, ständiges Hinundherlaufen. Die vielen verschiedenen Menschen, Franziskaner, Kopten, Griechisch-Orthodoxe, Syrer und Armenier, die alle unter diesem Dach ihren Gottesdienst verrichteten, verwirrten sie, und der erhabene Augenblick, den am Grab Christi zu erleben sie sich vorgestellt hatte, blieb aus.
Müde und traurig verließ sie nach Beendigung der Osterliturgie die Grabeskirche und folgte Herrn Kaiser und der schnatternden Reisegruppe, Selma neben sich, in das Kloster des heiligen Borromäus, wo sie von deutschen Klosterfrauen überschwenglich empfangen wurden.
»Nun, Gräfin?«
Gerda sah, wie Herr Kaiser im Klosterhof neben sie trat und sich erkundigte, ob ihr nicht wohl sei oder ob ihr irgend etwas nicht gefallen habe.
Einen Augenblick hatte Gerda überlegt, ob sie ihm den eigentlichen Grund nennen sollte, weshalb sie seiner Aufforderung, mit nach Jerusalem zu reisen, auf dem römischen Bahnhof ohne Umschweife gefolgt war. Was hätte dieser gute Mann, der bei aufkommender Nacht im Boot auf dem See Genezareth seine Gemeindemitglieder »Breit aus die Flügel

beide« hatte singen lassen und der seit dreißig Jahren das Christentum anderen durch Legenden von der Jugend des Zimmermannsohns Jesus von Nazareth nahezubringen versuchte, gedacht, wenn sie ihm von Stimmen und Gespenstern erzählt hätte? Von Stimmen und Gespenstern, die sie schon seit sieben Jahren plagten und durch die Welt trieben? Und was von ihrer Hoffnung, in Jerusalem Heilung zu finden? Ob er etwas von den Heiligen verstand und davon, wie man sie zu Hilfe rief?
Aber den Augenblick ihres Zögerns hatte Herr Kaiser mißdeutet und sich seine Frage zu wiederholen erlaubt. Gerda jedoch entschloß sich zu schweigen und zog sich mit einem »Schon gut, Herr Kaiser, ich bin nur ein bißchen müde« in ihr Zimmer zurück.
In der folgenden Nacht war ihr dann die heilige Birgitta von Schweden erschienen, so wie sie sie von Bildern her kannte. Mit ihrem weißen haubenartigen Schleier, dem grauen Kleid, dem roten Jerusalemkreuz in der Hand. Dieser bedeutenden Frau des 14. Jahrhunderts hatte sich Gerda, seitdem sie sich, auf Pers Anraten, mit den Heiligen beschäftigt und viel über sie gelesen hatte, nahe, ja geradezu verwandt gefühlt. Kurz nach der Scheidung hatte sie sogar einmal deren Kloster in Vadstena aufgesucht. Auch Birgitta war adelig gewesen, hatte geheiratet und Kinder gehabt und dennoch in Einsamkeit ein anderes Leben geführt. Sie war von Schweden nach

Santiago de Compostela, nach Rom und nach Jerusalem gezogen und hatte, früh verwitwet, in Vadstena am Vätternsee um 1346 einen Orden für Nonnen und Mönche gegründet, der zum wesentlichen Träger sowohl religiöser als auch literarischer Kultur des Nordens geworden war. Nach Gerdas Überzeugung ein Vorbild für jede Frau des 20. Jahrhunderts.

War nicht das ganze Zimmer hell gewesen? Hatte die Heilige ihr nicht zugelächelt und sogar mit ihr gesprochen?

Bestürzt stellte Gerda jetzt fest, daß auch dieses für sie damals reale Erlebnis, wie so vieles in ihrem Leben, nur einer überspannten Phantasie zuzuschreiben war, wodurch sie immer das erlebt hatte, was sie hatte erleben wollen. Gerda schämte sich.

Damals war sie glücklich. In ihrem zweiundvierzigsten Lebensjahr war die Krise, die sieben Jahre zuvor begonnen hatte, endlich überstanden, und während einer Nacht hatte sie alle Not des Verfolgtseins ausgetauscht gegen das sichere Gefühl, auserwählt zu sein. Sie hatte ihrer Heiligen eine Pilgerschaft von Jerusalem nach Santiago de Compostela versprochen und ein Buch, das zu ihrer Wiederentdeckung beitragen sollte. Wenn möglich weltweit. Von Stund an hatten die Stimmen geschwiegen, und die Erscheinungen waren ausgeblieben.

Als Gerda am nächsten Morgen Herrn Kaiser begegnete, war sie froh, geschwiegen zu haben. Wie hätte sie ihm das, was ihr während dieser Osternacht widerfahren war, auch nur annähernd verständlich machen können? Das würde der alte Pfarrer mit seinem schwäbischen Pietismus noch weniger verstanden haben. Einzig dem alten äthiopischen Mönch, dem Gerda bei ihrem zweiten, ausführlicheren Besuch der Grabeskirche vor seiner ärmlichen Behausung auf dem Dach der Helenakapelle begegnete, erzählte sie alles. Und, eingehüllt in sein weißes Laken, lauschte der greise Mann, ohne sie aus seinen schwarzen Augen zu lassen, geduldig ihrem ihm unverständlichen Redefluß. Der, davon war Gerda fest überzeugt gewesen, verstand sie trotzdem. Und ihr wurde leicht ums Herz.

So leicht, daß sie am nächsten Morgen, als sie in einem Laden das Schild: »Kennen Sie die Pyramiden?« las, hineinging und für sich und ihre Tochter eine Sieben-Tage-Expedition nach Kairo buchte. Sieben Tage, hatte sie gedacht, könne sie den ernsthaften Antritt ihrer Pilgerschaft noch aufschieben, und ließ sich, nachdem sie Herrn Kaiser versprochen hatte, pünktlich zur Heimreise von Haifa zurückzusein, mit ihrer Tochter nach Jaffa an Bord der »Helouan« bringen.

Cheops, Chefren und Mykerinos.

Schon von weitem war Gerda der braungebrannte Mann im weißen Leinenanzug aufgefallen, der lässig, Cigarillo rauchend, an der Reling lehnte und aus zusammengekniffenen Augen auf das laute Treiben im Hafen herabblickte. Vincent de Conze. Filmemacher, Weltreisender, Frauenheld. Damals sechzig Jahre alt.

Sofort hatte Gerda – Guiseppe Alvardi, der ordinäre italienische Maler war noch auf dem Bahnhof in Rom aus ihrem Leben gestrichen worden – diesen Mann mit den bisherigen Männern in ihrem Leben verglichen und festgestellt, daß keiner der drei ihm das Wasser reichen konnte. Auch Per nicht. Leider! Aber versprochen war versprochen. Schließlich hatte ihr sein mit Idealismus gepaartes Draufgängertum über die letzten Ehejahre mit Arnold von Weissmantel hinweggeholfen, und daß er außer Landes gegangen war, nachdem sie sich hatte scheiden lassen, hatte alles nur noch aufregender gemacht. Und da er ihrer bis Skansen sicher sein konnte, hatte sie kein schlechtes Gewissen verspürt, als sie sich entschloß, mehr als nur ein paar Worte mit diesem Mann an der Reling der »Helouan« zu wechseln.

Schließlich – und er war als zweiter bei dem Vergleich mit Vincent de Conze damals an ihrem inneren Auge vorübergezogen – hatte auch Otto von

Wolkenstein, der deutsche Spiritist, Swedenborg-Anhänger und Strindberg-Forscher, sie nicht von ihrem Versprechen, vierzig Jahre auf Per zu warten, abgebracht. Gegen Vincent de Conze war er nur ein magerer, wenig imposanter Spinner, und sie hatte es kaum noch glauben können, daß er die unseligen Verfolger gegen sie aufzuhetzen vermocht hatte, nachdem sie eines Tages, des Tischerückens, Pendelns und Sternedeutens satt, seine Wohnung verlassen und in den Süden Deutschlands geflohen war.
Und Arnold von Weissmantel, ihr lascher, baltischer Baron, dessen Titel nicht einmal in Schweden anerkannt worden war? Er war in seiner Dürre von ein Meter achtundneunzig, seiner Lebensuntüchtigkeit und seinen weißen Handschuhen neben der Vitalität dieses Franzosen vollkommen verblaßt.
Gerda war eitel genug damals, festzustellen, daß sich die Beachtung auch umgekehrt vollzog. Eindeutig hatte Vincent de Conze sie unter allen anderen ausgemacht!
Aber jetzt, als sie die Szene im Hafen von Jaffa vor sich sah, mußte Gerda sich eingestehen, daß das nicht allein ihrer Attraktivität, schlank und braungebrannt, mit breitkrempigem Hut, zuzuschreiben war. Unter den vielen alten Leuten am Kai war eine Zweiundvierzigjährige nicht zu übersehen. Scharenweise Frauen zwischen fünfundsechzig und achtzig.

Vor allem deutsche. Und immer zum Abschied »Heil Hitler!«
Abends, bereits auf hoher See, beim festlichen Diner, nachdem Gerda von Croneborg und ihre Tochter im mit Schachbrettmuster ausgelegten Saal ihre Plätze eingenommen hatten, sah sie Vincent de Conze, sich seiner Wirkung und seines Erfolgs vollkommen sicher, mit einem leisen »Pardon?« an ihren Tisch treten, ohne weiteres einen dritten Stuhl heranziehen und sich zu ihnen setzen. Er hatte sich ein violettes Tuch ins silbrig glänzende Jackett gesteckt und Gerda in seiner legeren Papageienhaftigkeit außerordentlich gefallen. Trotzdem: Seine uneingeschränkte Sicherheit hatte sie ein wenig verärgert und sie veranlaßt, ein intensives Gespräch mit Selma zu beginnen. Auf schwedisch.
Doch darauf reagierte Vincent de Conze nur mit einem »Nun, nun, Madame, das kriegen wir noch«, füllte ihre Gläser nach und prostete ihnen zu. Selmas Augen leuchteten, schüchtern fing sie an zu kichern, und Gerda wurde eifersüchtig. Schon am ersten Abend hatte Vincent erreicht, was zu erreichen eindeutig seine Absicht war: Gerda von Croneborg verliebte sich in ihn.
Am nächsten Tag erreichten sie Port Said und fuhren nach Erledigung der Zollformalitäten zusammen mit ungeniert auf dem Deck campierenden Araberinnen den Suezkanal hinunter nach Ismailiya. Vin-

cent de Conze hielt ständig nach Motiven Ausschau, und Gerda folgte ihm voller Begeisterung. Alles war neu für sie. Die Hügel, die Ebene, der Himmel, die aprikosenfarbene Sonne. Noch nie war sie von der Schönheit der sie umgebenden Natur so überwältigt gewesen.

Im Wüstenzug, eingehüllt in eine dichte Staubwolke, ging die Reise nach Kairo weiter. Draußen vor den Fenstern war kaum noch etwas zu erkennen, und das stündliche Staubwischen eines kleinen uniformierten Beamten vollkommen wirkungslos. In der Mittagshitze wurden die schweren Holzjalousetten vor den Fenstern heruntergelassen. Trotzdem war es im Coupé kaum noch auszuhalten, und Gerda, einem Zusammenbruch nahe, ließ sich von Vincent bemitleiden und mit feuchten Tüchern betupfen.

Selma ging auf Distanz. Und am Ende der Reise, als Vincent im Hafen von Haifa am Kai zurückgeblieben war, hatte sie geheult und zum erstenmal in ihrem Leben die Mutter angeschrien. Das Verhältnis zwischen ihrer Mutter und Vincent de Conze hatte sie sehr verwirrt.

Mit Sand zwischen den Zähnen verließen Gerda und Vincent, von der Reiseleitung bereits in den Ehestand versetzt, mit Tochter Selma als drittes Rad am Wagen, in Kairo den Zug und bezogen zwei Zimmer im Hotel Viktoria. Von Dienern in langen, weiten Gewändern mit breiten dunkelroten Gürteln lautlos umsorgt, erfrischt von einem kühlen Bad, sank Gerda seufzend auf das breite Polsterbett und schlief unter dem schützenden Moskitonetz sofort ein. Während der drei Tage in Kairo hatte sie, seit langem zum erstenmal, das Zimmer nicht mit Selma geteilt.

Gerda meinte, ein orientalisches Märchen vor sich zu sehen. Und wenn sie nicht gestorben sind... Vincent de Conze war tot, schon seit fünf Jahren, und ein glückliches Ende hatte es auch damals nicht gegeben. Zunächst aber, während der sieben Tage, war nichts davon zu spüren.

Gerda sah sich und ihren motivsuchenden Märchenprinzen auf Basaren, vor der Alabaster-Moschee und dann in der großen Halle der Universität von Kairo neben El Azhar. Am nächsten Tag in Memphis und Gizeh.

Die kleine Reisegruppe traf überall dieselben Reisegruppen wieder, dieselben alten Leute. Die Damen in ausgetretenen, breithackigen schwarzen Schuhen, karierten Röcken und weißen Blusen, behängt mit bürgerlichem Schmuck, Bernsteinbroschen, die Herren mit Schlips und Kragen. Trotz der verwegen aufgesetzten Tropenhelme und Feze und der vor den dicken Bäuchen baumelnden Feldstecher sahen sie alle aus wie zu Hause, fremd zwischen Palmen, Statuen und Sphinxen im Wüstensand.

Gerda und Vincent, der im Alter gar nicht so weit von diesen wißbegierigen, unternehmungslustigen Pensionären entfernt war, fühlten sich nicht zu ihnen gehörig und hielten, so gut es ging, Abstand.
Die Attraktion der Reise: »Cheops, Chefren und Mykerinos per Wüstenschiff«.
Als sie in Gizeh die Autos verließen, lag sie plötzlich vor ihnen. Eine große Herde prächtig geschmückter Kamele, jedes neben seinem Beduinen. Gerda hatte sich aus vielen, halb geschlossenen Augen angeschaut gefühlt, hatte versucht, diesen Blicken zu begegnen, ihnen standzuhalten. Aber alle waren durch sie hindurchgegangen, und sie war im Angeschautwerden übersehen worden. Unheimlich war ihr zumute, und sie bat Vincent, zu Fuß mit ihr zu den Pyramiden zu gehen oder gar nicht.
Aber er hatte »So ein Unsinn« gesagt und sie, ohne ihren Widerstand gelten zu lassen, lachend auf den Sattel eines der Tiere gesetzt. »Den Anblick meiner nordischen Eisprinzessin auf einem Wüstenschiff werde ich mir doch nicht entgehen lassen!«
Gerda hörte Selma neben sich lachen und meinte, so etwas wie einen leichten Stich zu verspüren.
Jetzt sah sie sich Vincent de Conze von der Seite anschauen, während er sein Kamel bestieg. Und sie mußte feststellen, daß es ihr bei diesem mühsamen und ziemlich lächerlich wirkenden Vorgang nicht mehr gelungen war, seinen fetten Bauch zu überse-

hen. Während des Kamelritts zu den Pyramiden hatte das Abstandnehmen begonnen.
Ein ungleiches Paar! Jeder hatte den anderen nur dazu benutzt, sieben Tage lang »Tausendundeine Nacht« zu erleben.
Im Dunst des gleißenden Lichtes tauchten die riesigen Pyramiden auf, leuchteten in der kurzen, regenbogenfarbenen Dämmerung und blieben im hellen Mondlicht der plötzlich hereinfallenden Nacht zurück, scharfe schwarze Schatten über den hellen Sand werfend. Stumm, nur begleitet vom leisen Geräusch der sich bewegenden Tiere und knarrender Sättel, kehrte die kleine Gruppe durch die dunkle Wüste nach Gizeh zurück, stieg in die Autos und tauchte wenig später in den Lärm des nächtlichen Kairo ein.
Gerda trat auf den mit gedrehten Säulen verzierten Balkon, und beim Anblick der zahllosen weißen Minarette vor dem dunklen Himmel über der erleuchteten Stadt, diesen starren, und wie sie sie empfunden hatte, spitzigen Dolchen, die die Luft zu zerschneiden schienen, inmitten dieser bedrohlichen Fremde hatte sie zum erstenmal seit ihrer langen Abwesenheit von Schweden Heimweh verspürt. Ja, sie wollte zurückkehren damals, so schnell wie möglich, und, von ihrer Heiligen beschützt, ihr Buch schreiben, Gutes tun und die religiöse und literarische Kultur des Nordens wiederbeleben.

Auf dem Balkon des Hotels Viktoria in Kairo beschloß Gerda von Croneborg, wenn Vincent de Conze die Eisprinzessin nicht zurücknehmen würde, mit Selmas Erbe von der Großmutter außerhalb Stockholms ein Herrenhaus zu erwerben, dort ein Waisenhaus zu eröffnen und ihren hohen Idealen zu leben. Ihre Tochter sollte wieder regelmäßig zur Schule gehen und bald das Abitur machen.

Nie hatte Gerda, wie sie jetzt sah, in Zweifel gezogen, daß Selmas Leben nach Plan verlaufen würde – nach ihrem Plan.

Am nächsten Morgen hatte die Rückreise begonnen, und zwei Tage später waren sie wieder in Jaffa an Land gegangen.

»Ich bringe euch noch nach Haifa.« Nichts weiter hatte Vincent gesagt und sie und Selma zum Kai begleitet.

Herr Kaiser, von weitem schwarz zu sehen, stand auf der Schiffsbrücke, breitete die Arme aus und sandte ein »Gott lob!« gen Himmel. Gerda hatte sich gewundert, wie verkehrt es doch zuging auf der Welt. Sieben Tage zuvor hatte das Böse sie in Weiß empfangen, und dann stand das Gute schwarz vor ihr. Trotz seiner ihr völlig fremden Frömmigkeit verspürte sie, wieder in Herrn Kaisers Nähe, Geborgenheit. Gerettet, dachte sie. Die Pilgerschaft konnte beginnen.

Ohne sich noch einmal nach Vincent de Conze um-

zudrehen, ging sie auf Herrn Kaiser zu, und Selma heulte. An Bord kam es wenig später zum heftigen Streit zwischen Mutter und Tochter, und Herr Kaiser riet der Gräfin, mit ihrem Kind so schnell wie möglich einen Nervenarzt aufzusuchen.
»Etwas labil, die Kleine von Weissmantel.«
Voller Ungeduld wartete Gerda auf das Ende der Schiffsreise. Und im Hafen von Neapel ging sie als Abgesandte der heiligen Birgitta von Bord.

Der Paß. Ischia. Das Herrenhaus.
Hätte sie ihren Paß nicht verloren, wäre Gerda von Croneborg ohne Aufschub mit dem »Orient-Kaiser« hinauf nach Stuttgart und von dort weiter nach Stockholm gereist. Nie hätte Selma im Haus des deutschen Pianisten auf Ischia Jakob Pflug kennengelernt, und nie hätte es Gerda später nach Berlin verschlagen. Und niemals wäre sie verarmt. Als reiche Gräfin wäre sie in Santiago de Compostela eingezogen, geehrt und geachtet. Und ihre Pilgerschaft hätte sie nicht als einziger Passagier unter rauhbeinigen Matrosen auf einem heruntergekommenen Frachtdampfer antreten müssen. Alles wäre anders verlaufen – bis hin zu ihrem siebzigsten Geburtstag. Bis heute.
Allerdings wären, wenn Selma und Jakob sich damals nicht kennengelernt hätten, weder Arne noch

die kleine Gerda geboren. Und vor allem auf die kleine Gerda hätte sie, trotz allem, was zwischen ihnen vorgefallen war, nicht verzichten mögen.
So hatte also ein kleines amtliches Papier alles bestimmt, bis hinein in die übernächste Generation? Gerda wunderte sich über die Zusammenhänge.
Nachdem sie fieberhaft alle Koffer, Taschen und Täschchen nach dem vermißten Dokument durchsucht, Selma der Schlamperei verdächtigt und heftig mit ihr geschimpft hatte, sah Gerda sich das schwedische Konsulat in Neapel aufsuchen in der Hoffnung, bis zum Abend alles regeln und ihre Reise fortsetzen zu können. Denn noch länger im Süden zu bleiben, hatte sie sich nicht mehr leisten können, ihre Reisekasse war nach der Rückkehr aus dem Vorderen Orient gänzlich leer.
»Gräfin Gerda Sophie Lisa von Croneborg, geschiedene von Weissmantel, geboren am 5. Mai 1895 auf Björknäs bei Eksjö.«
Umständlich brachte der unsympathische Beamte ihre Personalien zu Papier, musterte sie von oben bis unten und schob ihr, nachdem er sie etwas anzüglich gefragt hatte, ob sie allein reise, einen Nummernzettel mit der Bemerkung: »Zwei Wochen« über den Tisch. Gerda schrie empört auf, und der Beamte ließ, wie in Notfällen üblich, kurzerhand ein paar tausend Lire folgen. Und als sie dann noch immer nicht zum Gehen bereit war, beleidigte er sie.

»Auch diese Gräfin muß erst geprüft werden, gnädige Frau.«
Vollkommen fassungslos war Gerda aus dem Zimmer geflohen.
»Freuen Sie sich, daß Sie wenigstens in Neapel sind und nicht in irgendeinem ärmlichen Kaff im Süden. Fahren Sie nach Ischia zu meinem alten Freund, dem berühmten Pianisten Arthur Klemp. Er wird Sie bestimmt aufnehmen«, hörte Gerda die alte Luise Mallien beim Abschied sagen, »und hören Sie auf den Rat einer alten Frau: Was bedeuten schon vierzehn Tage in einem Leben. Lassen Sie die Beine baumeln, Kindchen, auf Ischia soll es sehr schön sein.«
»Auf Wiedersehen, auf Wiedersehen!«
Der Zug mit den Reisenden im Waggon »Orient-Kaiser« fuhr ab, und Gerda blieb gar nichts anderes übrig, als dem Rat der alten Ostpreußin zu folgen. Sie ließ sich mit Selma zum Hafen bringen und nahm die nächste Fähre nach Ischia. Arthur Klemp war ihre letzte Rettung.
Jeder kannte ihn, den berühmten Mann, der sein Leben, wenn nicht auf Konzertreisen, in seinem mit viel Aufwand und Geschmack um einen lackschwarzen Flügel herumgebauten Haus, außerhalb des malerischen Fischerortes Forio, verbrachte.
Schon auf der Fähre hatte Gerda sich nach ihm erkundigt und bereitwillig von allen Seiten in vielen

Sprachen Auskunft erhalten. Und als sie auf Ischia ankam, war sie mit seinem Leben bis hin zu dem offenen Geheimnis, daß er sich vorzugsweise mit hübschen jungen Männern umgebe, bereits bestens vertraut. Wie gut, hatte sie gedacht. Sie war eine reisende Nonne mit vierzehn Tagen Aufenthalt, und der Anfechtungen waren es genug!

Im leichten Abendwind, beim Anblick der untergehenden Sonne über dem Meer, umgeben von seinen jungen Freunden, sah Gerda Arthur Klemp mit offenem Hemd auf der Terrasse seines Hauses sitzen. Als sie und Selma aus dem Taxi stiegen, stand er auf. Ein stattlicher Mann, graumeliert, mit überschmalen Händen.

»Luise Mallien?« Er überlegte. »Ach ja, die kleine Freundin. Nie werde ich vergessen, wie sie dastand, mit ihren krummen Beinen, ihrem weißen Rüschenkleid und ihrer Geige.«

Peinlich für Gerda, aufgrund einer nur kurzen Begegnung Luise Malliens mit Arthur Klemp während eines Schülerkonzerts in Königsberg vor fünfundfünfzig Jahren nach Ischia gekommen zu sein. Zweifellos wußte sie von diesem Mann damals bereits mehr als Luise jemals in ihrem Leben.

Aber das kleine Mißverständnis beeinträchtigte die Gastfreundschaft dieses weltgewandten Mannes nicht im geringsten.

»Aber ich bitte Sie, gnädige Frau, bleiben Sie doch.

Fühlen Sie sich mit Ihrer Tochter bei mir wie zu Hause. Ich kenne die Behörden. Wenn man Ihnen gesagt hat, vierzehn Tage, dann bleibt es auch dabei.«

Arthur Klemp führte Gerda von Croneborg in ein geräumiges Zimmer, übergab Selma den Schlüssel zum Gartenhaus, und später traf man sich im Salon zu Rotwein und Käse.

Im Dämmerlicht, in der angenehmen Kühle der durch die weit geöffneten Fenster hereinwehenden Brise, hörte Gerda Arthur Klemp fragen: »Wollen Sie uns nicht etwas vorsingen, kleine Dame?« Und damit meinte er Selma. Schließlich sei Damenbesuch bei ihm ja eine Besonderheit, und das müsse auch auf besondere Weise gefeiert werden. Alle lachten, Selma wurde rot, und Gerda wußte warum: Ihre Tochter konnte überhaupt nicht singen.

Und als sie nun die Szene im Haus des Pianisten auf Ischia vor achtundzwanzig Jahren vor sich sah, wurde Gerda auf einmal klar, daß allein sie schuld an diesem Unvermögen war. Von frühester Kindheit an hatte sie ihrer Tochter das Singen verboten, weil es sie, wie sie immer behauptet hatte, an Arnold von Weissmantel erinnerte. Er hatte seiner kleinen Tochter viel vorgesungen damals, und später hatte das Kind, sich an den Vater erinnernd, seine Lieder nachgesungen – allein.

Warum hatte sie Selma eigentlich den Vater noch bis

in die Erinnerung hinein nehmen wollen, nur weil sie sich von ihm getrennt hatte? Nie hatte sie Fragen des Kindes nach dem Vater beantwortet, und ihm hatte sie verboten, seiner Tochter Geschenke zu machen. Und als zwei Jahre nach dem Krieg die Nachricht von seinem Tod eingetroffen war – arm, heimatlos und ohne Familie hatte Arnold von Weissmantel, der baltische Baron, nachdem mit Ausgang des Krieges all seine Hoffnungen auf eine Rückkehr in seine Heimat verloren waren, sich das Leben genommen –, hatte sie es Selma verschwiegen. Daß er an wundem Herzen gestorben sei, wie ihre Verwandten behaupteten, hatte sie nicht wahrhaben wollen. Er sei eben zu lasch gewesen. Keine Kämpfernatur, wie sie.

Aber an dem lauen Abend im Hause des Pianisten Arthur Klemp kam Selma ein junger Mann zu Hilfe. Rasch klappte er den Flügel auf und trug, sich selbst begleitend, mit dunkler Stimme einige Passagen aus Schuberts »Winterreise« vor, was zu nächtlicher Stunde im frühsommerlichen Italien die Anwesenden auf besondere Weise rührte. Am Schluß klatschten alle begeistert, der junge Mann stand auf, verbeugte sich, und ging auf Selma zu. Mit Handkuß stellte er sich vor:

»Gestatten, Jakob Pflug.«

»Galant«, entzückt, mit glänzenden Augen betrachtete ihn Arthur Klemp.

Von allem, was dann zwischen diesem »schwarzen Schaf« der Runde und Selma vorgefallen war, hatte Gerda nichts bemerkt. Erst als Jakob drei Jahre später nachts im Schnee auf dem Hof gestanden hatte, hatte sie begriffen, daß ihr Entscheidendes entgangen sein mußte. Und da war es bereits zu spät gewesen.

Gerda plauderte mit Arthur Klemp, lauschte seinem Klavierspiel und bewunderte ihn. Um Selma kümmerte sie sich kaum, die vierzehn Tage vergingen wie im Flug.

Als Gerda nach Stockholm zurückgekehrt war, hatte sie eine Pension bezogen und sich dann rasch, nach Regelung der Erbschaftsangelegenheiten Selmas, für das Herrenhaus entschieden. Heizhaus, Kaninchenstall und Gärtnerei waren zusätzlich eingerichtet und ein alter Mann als Diener, Bote, Gärtner und Chauffeur eingestellt worden, ausgestattet mit Posttasche und selbstentworfener Livree. Bald darauf waren die Kinder eingezogen.

Alles war in großem Stil angelaufen.

Nora von Croneborg horchte.
Aber sie hörte nur ihr klopfendes Herz. Wenn sie doch zur Ruhe kommen könnte. Nein, diese Nacht! Warum hatte Gerda ihr das angetan! Die reine Zumutung, das alles – für alle. Eine Extravaganz übelster Art. Und dabei hatte das Leben ihr doch Abwechslung und Zerstreuung genug geboten. Geradezu turbulent war es verlaufen. Wo allein sie überall hingekommen war, diese Schwägerin. Bis nach Kairo!
Sie selbst, Gräfin Nora von Croneborg, war zu Hause geblieben, hatte ihr Leben auf dem Gut der Familie ihres Mannes verbracht, jahraus, jahrein auf die immer gleichen Bäume geschaut, hinweg über den immer gleichen See. Von Mittsommer bis Weihnachten und umgekehrt. Jahrzehnte lang. Bescheiden. Aber auch sie hatte gelebt!
Baldrian! Wo hatte sie das Fläschchen hingestellt?
Nora zog an der Kette der kleinen Lampe neben sich und setzte sich auf.
Neben dem Glas mit den Zähnen sah sie auf dem Waschtisch die braune Medizinflasche stehen.
Langsam erhob sie sich, stützte sich einen Augenblick lang mit zwei Fingern auf dem Nachtschränkchen ab, um ihr Gleichgewicht wiederzufinden, und tappte dann auf schmerzenden Beinen, vornübergebeugt, hinüber. Die Bohlen unter dem wachsgelben Läufer knarrten.

Im Spiegel gewahrte sie unter ihrem Gesicht einen Kragen, und als sie verwundert an sich herabblickte, stellte sie bestürzt fest, daß sie im Kleid zu Bett gegangen war. Vollkommen verknittert, die schöne Seide! In dieser Nacht war aber auch alles durcheinandergeraten. Rasch nahm Nora einen kleinen Schluck aus der Flasche. Das fahle Gesicht im Spiegel zog eine Grimasse und sagte: Scheußlich! Zwei Tropfen des gelblichen Saftes liefen am Kinn hinunter, blitzschnell wischte eine Hand sie ab. Eine Weile stand Nora da und gaffte.

Was würde Bertil von ihr denken, ihr Mann, wenn er sie so sehen würde – blaß, alt und barfuß. Barfuß in einem verknitterten, altrosafarbenen Seidenkleid, um fünf Uhr morgens, in diesem Zimmer im Gästehaus von Skansen in Stockholm! Und was würde sie ihm antworten, wenn er sie fragte, warum sie nicht zu Hause, in ihrem Bett sei?

Weil deine Schwester verrückt geworden ist, würde sie sagen. Weil sie uns alle zum Narren hält!

Verrückt? Nora meinte, Bertil lachen zu hören. Und sie sah ihn vor sich, diesen jungen Mann mit seinen traurigen Augen, den sie so geliebt und der vor fünfzig Jahren seine schwangere Frau im Stich gelassen und sich das Leben genommen hatte.

Und auf einmal erschrak sie heftig. Wenn nun auch Gerda aus dem Leben gegangen war – vielleicht draußen, im Park?

»Unsinn«, sagte sie laut zu sich selbst und nahm rasch einen zweiten Schluck aus der Baldrianflasche. Dann wandte sie sich um, zog langsam ihr Kleid aus und humpelte zum Schrank. Sie nahm Nachthemd und Bettjacke heraus, zog beides an und legte sich wieder hin.

»Gerda ist mit dem Klarinettenspieler mitgefahren.« Noch ein paarmal wiederholte sie halblaut diesen Satz, und zusammen mit der Medizin wirkte er alsbald. Mit leise pfeifenden Atemzügen tauchte die alte Gräfin Nora von Croneborg wieder hinunter in den Schlaf.

Stuttgart. Lausanne. Das Pensionat.
Gerda von Croneborg sah sich, gerade achtunddreißig Jahre alt, das Seminar für Pädagogik besuchen, bei den Anthroposophen in Stuttgart. Mager war sie, hohläugig. Die Krise war ihr anzusehen, ihr innerer Zustand verheerend. Zerrissen und krank hatte sie sich gefühlt.
Alles, was sie nach dem Versuch, aus Familie und Gesellschaft auszubrechen, unternommen hatte, war mißlungen, nichts mehr hatte ihr genügen und sie zufriedenstellen können. Ohne auch nur im entferntesten dorthin gelangt zu sein, wohin sie eigentlich wollte, hatte sie alles verloren. Zuerst durch den Umzug mit ihrem Mann nach Stockholm das Ansehen einer reichen Gutsfrau und später durch die Scheidung auch noch das der gutgestellten Ehefrau. Hin und her gerissen zwischen dem Wunsch, sich modernen Wegen geistiger Erkenntnis anzuschließen, weil ihr protestantischer Glaube sich als unzulänglich erwiesen hatte, und ihrem Hang zu Aberglaube und Okkultismus, hatte sie – vollkommen heimatlos geworden – zunächst hingebungsvoll die Schülerschaft Otto von Wolkensteins angetreten. Und diese Schülerschaft hatte bei ihr besondere Früchte getragen: dem Wahnsinn nahe Zustände hervorgerufen und letztlich zur Flucht aus Schweden geführt. Die Frau, die Gerda jetzt in Stuttgart vor sich sah, hatte erheblichen Schaden erlitten.

Immer von rechts oben sprachen die Stimmen. »Flieh, sieh dich vor, vor den schwarzen Messern.« Überall wurde Gerda von ihnen verfolgt, und ihre Zustände übertrugen sich auf Selma. Das Kind litt unter Alpträumen und fuhr nachts schreiend aus dem Schlaf hoch.

»Da, sieh doch!«

Angeblich klopfte es an die Fenster und Türen, angeblich stürzten nachts die Bücher aus den Regalen. Hinter jedem sich bewegenden Vorhang lauerte Unheil, jeder Vogelschrei war ein Zeichen, und aus den glühenden Augen der Katzen glotzten schreckliche Dämonen. Jedes Wort hatte tiefere, hintergründige Bedeutung erlangt.

»Niemand entgeht seinem Schicksal«, hatte Otto von Wolkenstein auffallend beiläufig am Abend vor dem Tag, an dem heimlich zu fliehen sie sich vorgenommen hatte, gesagt.

Doch von all dem, was Gerda in dieser Zeit als bedrohlich empfunden, es zu sehen, zu hören, zu spüren gemeint hatte, sah sie jetzt nichts. Nur sich selbst mußte sie sehen, in ihren Angstzuständen.

In der Hoffnung, ihren angeblichen Verfolgern entkommen zu sein, war sie in Stuttgart eingetroffen. Und es erschien ihr jetzt wie ein Wunder, daß man eine Frau in ihrem Zustand für das Studium an dieser Schule zugelassen hatte. Wahrscheinlich um Selmas willen. Sicherlich hatte man den krankhaften Zu-

stand des Mädchens als durch die Mutter verursacht durchschaut und ihr damit, daß sie die Schule besuchen durfte, helfen wollen. Gerda war damals erstaunt gewesen, wie schnell ihre Tochter Deutsch gelernt und ihre Ängste nachgelassen hatten.
Sie selbst war der komplexen Weltbetrachtung, der sie hier begegnete, begeistert gefolgt, besuchte auch in der näheren Umgebung Stuttgarts Vorträge und Seminare und erwarb sich in kurzer Zeit Kenntnisse in Philosophie, sozialen Reformen, Medizin und Landwirtschaft. Auch ihre Fragen über die jenseitige Welt wurden hier, wenn auch auf vollkommen andere Weise als von Otto von Wolkenstein, beantwortet. Gerda faßte Vertrauen, und mit zunehmender Euphorie verließen sie ihre krankhaften Neigungen. Sie fühlte sich gestärkt und meinte, plötzlich auf allen Gebieten kompetent, die Welt aus den Angeln heben zu können.
Um sie herum: Unruhe und Umbruch. Nicht zu übersehen die Unzufriedenheit der Menschen, innere und äußere Not. Auseinandersetzungen von Kommunisten und Nationalen in den Straßen. Ernst Thälmann sprach, Gerda nahm an endlosen politischen Debatten teil und verfolgte begeistert die Gründung einer Arbeiterschule. Sie war überzeugt, gemeinsam mit ihren Stuttgarter Freunden das zu erreichen, wonach sich alle sehnten: die Veränderung des Menschen und die Erneuerung der Welt.

Und dann kam Hitler. Aufmärsche, Reden, Lieder und Fahnen. Braune Hemden und hohe schwarze Stiefel.
Gerda war begeistert. Sie sah sich, mit Selma an der Hand, im Gedränge bei der Parade vor dem Schloß einem Mann mit korrekt gezogenem Scheitel und schwarzem Schnurrbart zuwinken.
»Hast du bemerkt, wie er mich angeguckt hat?« hörte sie sich Selma fragen.
Aber das Kind, das viel zu klein war, als daß es in der Menge irgend etwas hätte sehen können, schüttelte den Kopf.
»Schade!«
Gerda hatte sich damals vorgenommen, sich so bald wie möglich für die Verbreitung nationalsozialistischer Ideen in Schweden einzusetzen. Hitlers Rede, vor allem seine Stimme, hatte ihr im Gegensatz zu der von Ernst Thälmann gefallen.
Trotz allem: Als Gerda sich in dieser Zeit des inneren und äußeren Umbruchs sah, bemerkte sie, wie stark sie immer noch den eigenen Traditionen und Konventionen verhaftet war. Ihr hatte es an gesellschaftlichem Umgang gefehlt, sie hatte den Rahmen vermißt, in dem eine Gräfin Gerda von Croneborg die angemessene Beachtung fand. Zudem war ihr die Anthroposophie schon bald zu kompliziert geworden. Es kam zu Auseinandersetzungen, und Gerda, all dem nicht mehr gewachsen, wie sie jetzt sah,

entschloß sich, einfach fortzugehen. Als Vorwand benutzte sie ihre angeblichen Verfolger und nahm von ihren Freunden Abschied.
»Seht, auch unter euch haben sie mich ausfindig gemacht. Mir ist keine Ruhe gegönnt. Habt Dank für alles.«
Kein Erbarmen hatte sie mit Selma, die gerade ein wenig heimisch geworden war und Freunde gefunden hatte.
»Du lernst Französisch. Wir gehen nach Lausanne, das kenne ich von früher. Es wird dort sehr schön sein.«
Daß dies der Ort gewesen war, an dem sie Arnold von Weissmantel kennengelernt hatte, verschwieg sie dem Kind wohlweislich.
In einer luxuriösen Villa mit Panoramablick über den Genfer See eröffnete Gräfin Gerda von Croneborg ihr Pensionat »Madame petite«.
Zwanzig Jahre vorher war sie selbst in ähnlicher Umgebung auf das Leben vorbereitet worden, was damals soviel hieß, in alle Raffinessen ordentlicher Haushaltsführung eingeweiht zu werden, und nicht mehr. Und sie nahm sich vor, den ihr anvertrauten jungen Damen nicht nur beizubringen, wie man Gänseleber zubereitet, Wäsche stärkt und, elegant zurechtgemacht, auf festlichen Empfängen plaudert, sondern auch – und das vor allem – etwas für ihre geistige Entwicklung zu tun.

Aber schon bald stieß sie mit ihrer um das, was sie in Stuttgart und bei Otto von Wolkenstein aufgenommen hatte, angereicherten Bildung auf Widerstand. Die »Höheren Töchter« blieben aus, und Gerda entsann sich, um ihr eigenes Versagen nicht eingestehen zu müssen, aufs neue ihrer Verfolger.
Nach einjährigem Aufenthalt in Lausanne gab Gerda von Croneborg das Haus auf, entließ Selmas Privatlehrer und reiste nach Rom zum Heiligen Vater.

Nachdem die kleine Gerda Arne verlassen, in ihr Zimmer zurückgeschlichen und leise in ihr kalt gewordenes Bett gekrochen war, lag sie lange Zeit wach und lauschte. Aber außer dem gleichmäßigen Atem ihrer Mutter hörte sie nur hin und wieder ein Knacken im Gebälk und wie von weit her das Schlagen der Wanduhr. Erst halb, dann dreiviertel, dann fünf.

Wenn diese Nacht doch vorüber und die Großmutter endlich zurück wäre, dachte sie. Eigentlich gemein von ihr, allein mit dem Klarinettenspieler wegzufahren. Die kleine Gerda verspürte schreckliche Eifersucht auf die alte Großmutter.

Plötzlich meinte sie auf dem Platz vor dem Haus ein Knirschen zu hören. Vorsichtig verließ sie das Bett und tastete sich zum Fenster. Behutsam schob sie den Vorhang ein wenig beiseite und schaute hinab. Niemand war zu sehen. Der Park sah aus, als stünden ihm die Haare zu Berge. Weiß überzogen, ragten die Spitzen der Zweige starr in die Luft. Vom Boden stiegen feine Nebelschwaden empor. Wie Schleier zogen sie hinweg über die Baumkronen und wurden am dämmernden Himmel unsichtbar.

Unheimlich und unwirklich erschien der kleinen Gerda alles da draußen. Sie fröstelte. Und dann dachte sie daran, was die Großmutter gesagt hatte: Leicht wie Schleier verlassen die Seelen der Menschen nachts die Erde, schweben hinweg über Häuser und Städte, hinauf in den Himmel. Und wenn ein Mensch gestorben ist, nimmt seine Seele alles mit, was gut an ihm war, und kommt nicht zurück. Der kleinen Gerda am Fenster kam es so vor, als schliefen da draußen in dieser nächtlichen Welt tausende. Unendlich viele Schleier sah sie aufsteigen. Ob sie einen von ihnen kannte? Eines war sicher: Sie alle würden zurückkommen, denn hier war niemand gestorben.

Auf einmal spürte die kleine Gerda ein Kribbeln in der Nase, und ehe sie niesen mußte, huschte sie zurück in ihr Bett. Hastig zog sie die Decke über sich und lauschte. Aber die Mutter atmete ruhig, sie schien nichts bemerkt zu haben.

Allmählich kehrte über den Rücken die Wärme in den kleinen Körper zurück und breitete sich wohlig aus, langsam gab die überreizte Wachheit nach und ließ die Müdigkeit gewähren. Eine Weile beobachtete die kleine Gerda noch, wie im Fenster hinter den leichten Vorhängen im langsam heller werdenden Rechteck der Rahmen wie ein schwarzes Kreuz erschien. Dann schlief sie ein.

Im Traum lief sie durch den dunklen Park und sah die Großmutter auf einer Bank sitzen. Und als sie ihr zuwinken wollte, flog sie davon.

Uppsala. Otto von Wolkenstein.
Doppelgesichtig ging es in Otto von Wolkensteins Nähe zu.
Neugierig geworden durch eine Anzeige des Gelehrten, war Gerda einige Jahre nach ihrer Scheidung mit Selma nach Uppsala gezogen, hatte ihre große Villa in Stockholm verkauft und sich in der kleinen Universitätsstadt eingerichtet. Alsbald hatte sie mit ihrer gräflichen Visitenkarte auf sich aufmerksam gemacht, der sie die Abschrift eines Briefes von August Strindberg an Emil Schering aus dem 1907 mit den Zeilen »In der Hoffnung, mich bald mit Ihnen darüber besprechen zu können« beigelegt hatte.
Umgehend hatte Otto von Wolkenstein bitten lassen.
Sie sah sich auf einem großen Stuhl mit gedrechselten Armstützen zwischen alten Folianten, Globen und Sternkarten in seinem Studierzimmer sitzen. Eine schmalgliedrige, nervöse, elegant gekleidete junge Frau mit einem etwas zu scharfen Profil, um sympathisch zu sein.
Selma war ein labyrinthartiges Kugelspiel auf einem kleinen Tischchen am Fenster überlassen worden, was das kleine Mädchen vollkommen in den Bann gezogen und Gerda hatte vergessen lassen, daß es bei der ersten Begegnung mit Otto von Wolkenstein im selben Zimmer war.

Jetzt sah sie ihre kleine Tochter vor dem offenen Fenster, vornübergebeugt, vertieft in das seltsame Spiel. Helles Sonnenlicht verfing sich in ihrem weißblonden Haar, von draußen war das Singen der Vögel zu hören. Es war Ende Mai, Gerda war fünfunddreißig Jahre alt und Selma neun.
Eine wohltuende Ruhe ging von dem Kind aus, und gern hätte Gerda es länger betrachtet. Aber auch allem anderen aus dieser Zeit wiederzubegegnen, blieb ihr nicht erspart.
Sie sah Otto von Wolkenstein. Seine glasstarren, gänzlich farblosen Augen blickten sie an. Beängstigend. Im übrigen ein völlig unauffälliger Mann mit Glatze.
»Sie haben mich neugierig gemacht, Gräfin«, hörte sie ihn sagen. In der Hand hielt er die Abschrift des Briefes.
»Bester Herr Schering!
Mit heutiger Post geht ein zweites Kammerspiel ab, genannt ›Gespenstersonate‹ (mit dem Untertitel Kama-Loka). Es ist furchtbar wie das Leben, wenn einem die Schuppen von den Augen fallen und man ›Das Ding an sich‹ sieht. Es hat Form und hat Inhalt. Die Weisheit, die mit den Jahren kommt, wenn sich das Lebensmaterial angesammelt und die Fähigkeit, es zu überschauen, sich eingefunden hat. So webt die ›Weberin der Welt‹ die Schicksale der Menschen. In jeder Familie gibt es viele Geheimnisse, aber die

Menschen sind zu hochmütig, um es zuzugeben; die meisten prahlen mit ihrem eingebildeten Glück, und im allgemeinen verbirgt man sein Elend. (...)
Ich habe beim Schreiben gelitten wie in Kama-Loka, und meine Hände haben geblutet (buchstäblich).
Was meine eigene Seele während der Arbeit nicht verdüstert hat, ist meine Religion (= Anschluß ans Jenseits); die Hoffnung auf ein besseres Leben; und die feste Überzeugung, daß wir in der Welt der Torheit und der Täuschungen (Illusionen) leben, aus der wir uns herauskämpfen sollen. (...)
Ihr ergebener August Strindberg
27. März 1907«
Schon beim ersten Gespräch mit Otto von Wolkenstein, einer langen Diskussion darüber, was unter Kama-Loka, dem Ding an sich, der Weberin der Welt zu verstehen sei, geriet Gerda innerlich in einen Strudel, fasziniert und abgeschreckt zugleich. Immerhin hatte sie hier endlich über all das reden können, was ihr schon lange am Herzen gelegen und womit sie sonst auf Abneigung gestoßen war.
Wie war ein Jenseits zu verstehen, diese »andere Welt«, und wie war es möglich, Verbindung mit ihr aufzunehmen? Denn, wenn es sie gab – und davon war Gerda fest überzeugt –, mußte man sie auch erfahren und nicht nur abstrakt denken können. War das »Sterben im Leben« ein Schlüssel dafür, und was genau war eigentlich darunter zu verstehen? Für den

Pfarrer, der sie getraut, ihre Tochter getauft, und den in Gespräche über all ihre offenen Fragen zu verwickeln sie im Lauf ihrer Ehejahre oft und oft versucht hatte, war alles ganz einfach gewesen. Er hatte auf die Bibel, das Gebet und seine beiden Sakramente verwiesen. Und die, da könne sie ganz sicher sein, reichten vollkommen für den Anschluß ans Jenseits im Diesseits.

»Was wollen Sie, meine Liebe? Leben Sie! Seien Sie fröhlich, und sorgen Sie für Ihren Mann! Um das Jenseits kümmern sich die alten Leute.«

Mit seinem »Trachtet zuerst nach dem Reiche Gottes«, jeder Sonntagspredigt vorangestellt, hatte er etwas Schönes sagen, aber niemanden in seiner Gemeinde beunruhigen wollen.

Gerda aber hatte seinen Rat nicht befolgt. Sie hatte ihren Mann, Arnold von Weissmantel, verlassen und als Gräfin Gerda von Croneborg auf vielfache Weise weiter nach dem Jenseits gefragt. Sie hatte die Bibel beiseite gelegt und angefangen, Swedenborg und Strindberg zu lesen. Und sie hatte in der Absicht, der Menschheit einen Spiegel vorzuhalten und zur dringend notwendigen geistigen Entwicklung eines jeden aufzurufen, Bücher geschrieben.

Und als sie im »Svenska Dagbladet« auf die Anzeige »So nah sind uns die Geister. Anleitung zu einer spirituellen Entwicklung, Otto von Wolkenstein, Uppsala« gestoßen war, hatte sie nicht lange gezögert, sich zu seiner Schülerschaft entschlossen und alles andere zunächst hintangestellt.

Die Art, in der Otto von Wolkenstein ihre Fragen beantwortete, war neu. In seiner okkulten Praxis spielten Gebete oder Sakramente, mit denen, trotz aller Widersprüchlichkeit, weiterzukommen Gerda im stillen gehofft hatte, keine Rolle. Er ging anders mit dem Jenseits um, direkter und eindeutiger. Und vor allem ohne kirchliches Sündenbewußtsein. Ehrfurcht und Andacht, wie sie Gerda von ihrer Mutter und Großmutter gelehrt worden waren, waren hier unerwünscht. Hier stellte man gezielte Fragen und erhielt unmittelbar, wenn auch verschlüsselt, Antworten. Alles sei, pflegte Otto von Wolkenstein zu sagen, nur eine Sache des Handwerks, wobei er Pendeln und Tischerücken den niederen Disziplinen zurechnete und in komplizierteren Fällen mit einem Medium arbeitete. Lexika, Konkordanzen und die üblichen Kommentare waren für diesen Spiritisten überflüssig und bedeutungslos.

Hin und wieder jedoch hatte er Gerda in die Bibliothek geschickt, um Abschriften alter Handschriften anfertigen zu lassen. Hinweise auf Teufelsaustreibungen, Darstellungen alter Hexenkulte und medizinische Rezepte waren, in Latein oder Mittelhochdeutsch verfaßt, durch ihre Feder geflossen, ohne von ihrem Bewußtsein aufgenommen worden und in ihrem Gedächtnis haften geblieben zu sein. Allein die Zaubersprüche prägten sich ihr ein und verfolgten sie bis in die Nächte.

»Phol ende Uodan Vuoron zi holza.
Du uart demo Balderes volon sin vuoz birenkit
thu biguol en Sinthgunt Summa era suister,
thu biguol en Friia, Volla era suister...«

Später meinte Gerda, daß ihre krankhaften Zustände wesentlich durch die magische Wirkung dieser ihr unverständlichen Sprüche ausgelöst worden waren.

Gerda sah sich in den hohen Räumen der Bibliothek. Dicke, gelbfleckige Pergamentbände lagen vor ihr auf dem Tisch, die Schreibfeder kratzte auf dem Papier, ab und zu war das Flüstern anderer Studenten zu hören, hin und wieder das Öffnen und Schließen der Tür. Neben sich bemerkte sie Selma. Unruhig rutschte das Kind auf dem Stuhl hin und her. Wie mußte es gelitten haben! Stundenlang hatte das kleine Mädchen neben seiner schreibenden Mutter ausharren müssen.

Zunächst hatte Selma großes Interesse an diesen geheimnisvollen Büchern gezeigt, die beim Aufschlagen knarrten und auf vielen Seiten eigentümliche Bilder und Buchstaben versteckt hielten. Aber später war ihr die Zeit oft lang geworden, und sie hatte auf dem Heimweg geweint. In Otto von Wolkensteins Haus fühlte sich das Kind wohl. Glücklich saß es am Kugelspiel oder ließ den Globus kreisen, wäh-

rend Gerda Manuskripte überarbeitete, Korrespondenzen erledigte und den Haushalt versorgte.
Gerda sah sich in dieser Zeit als junge, Studien treibende oder selbstlos das Haus eines etwas eigenbrötlerischen Mannes versorgende Frau, und gleichzeitig wurde ihr all das vor Augen geführt, was sich wirklich im Hause Otto von Wolkensteins zugetragen hatte.
»Warum sollen wir weiter über Strindberg spekulieren, liebe Freundin«, hatte der Gelehrte eines Abends zu ihr gesagt, »fragen wir ihn doch selbst.«
Aufs neue den nächtlichen Beschwörungen, den mit Otto von Wolkenstein Zwiesprache haltenden Gespenstern und Chimären eines finsteren Jenseits ausgesetzt zu sein, war Gerda fast unerträglich. Am liebsten hätte sie alles, längst Vergangenheit, für ungültig erklärt. Aber es gelang ihr nicht. Einzugreifen war ihr verwehrt. Nichts, so scheußlich es auch sein mochte, blieb ihr erspart.
Und es bedurfte der schmerzlichen Einsicht, daß alles Bestandteil dieses großen lebendigen Bilderteppichs war, den sie im Laufe der Jahre durch ihr Tun und Handeln, durch ihre Empfindungen und Gedanken gewoben hatte und der jetzt, aufs seltsamste mit dem Leben anderer verknüpft, vor ihr ausgebreitet war. In nichts mehr zu verändern, fertig in seiner Unfertigkeit, Lückenhaftigkeit und Unzulänglichkeit.

Wie unbefriedigend war das Ganze! Und wie vergeudet erschien ihr auf einmal die Zeit. Ihre Lebenszeit. Vertan. Wie gern hätte sie noch einmal von vorne begonnen, alles anders und vielleicht besser gemacht. Die Bilder zogen vorüber. Neue tauchten auf.
Gerda sah die Zeit nach ihrer Ehe und dann die neun Jahre mit Arnold von Weissmantel vor sich auftauchen.
Und endlich Per!

»Die Jahre der Bücher«.
Gerda hatte die fünf Jahre, die sie nach ihrer Ehe allein mit Selma in ihrer großen Villa in Stockholm verbracht hatte, immer »die Jahre der Bücher« genannt, obwohl nur ein Buch – im Selbstverlag – dabei herausgekommen und alles andere Manuskript geblieben war.
Den Mitte der zwanziger Jahre von einem großen schwedischen Verlag ausgeschriebenen Wettbewerb »Der junge Roman« hatte sie als persönliche Aufforderung aufgefaßt, ihre bis dahin sorgsam unter Verschluß gehaltenen, zahlreichen Tagebücher und Notizen durchzusehen und mit dem Schreiben Ernst zu machen. Ihre Ideen waren für eine breitere Öffentlichkeit bestimmt, und mit ihren Vorträgen vor den alten Damen im Stockholmer Wohlfahrtsverband hatte sie nicht viel erreicht. Die hatten nur nachsichtig

über die junge Gräfin gelächelt, eine Zeitlang versucht, ihren schwungvollen Reden zu folgen, im großen und ganzen aber, das war ihren verzweifelten Gesichtern anzusehen, nichts verstanden. Allein das Wort »Emanzipation«, wie eine aus der friedlichen Runde Gerda später bei einem zufälligen Zusammentreffen anvertraut hatte, sei ihnen immer wie eine Gänsehaut den Rücken hinuntergelaufen. Und daher habe man beschlossen, zu der schönen alten Tradition, miteinander Kaffee zu trinken, zu reden und zu sticken, zurückzukehren.

»Gräfin, es tut mir leid, aber ich denke, es ist besser für Sie, sich woanders umzusehen«, hatte die Verbandsleiterin eines Tages zu Gerda gesagt.

Gerda ging und fing an zu schreiben. Tagsüber und auch nachts, wie besessen. Sie erzählte die Geschichte von sich und Per so, wie sie geworden wäre, wenn sie sich nicht getrennt hätten. Die Geschichte von einem Mann und einer Frau, die zu neuen Ufern des Menschseins aufbrachen: »Königsweg«. Alle Namen und Schauplätze änderte sie und wählte Berta Bengtsson als Pseudonym. Bei einem so hausbacken klingenden Namen wäre niemand jemals auf sie verfallen. Dem Studenten, dem sie das Manuskript zur Abschrift übergab, war sicherheitshalber notariell Schweigepflicht auferlegt worden. Gerda hatte mit einem Gesellschaftsskandal gerechnet. Und er wäre ihr recht gewesen.

Drei Tage zu spät, weil sie sich vom letzten Kapitel nicht hatte trennen können, erreichte ihr Manuskript den Verlag. Und die Mitteilung, die wenige Tage danach eintraf, löste bei Gerda einen ungeheuren Zorn aus.

»Gemäß unserer Ausschreibung können wir zu spät eingegangene Sendungen leider nicht berücksichtigen. Wir rechnen auf Ihr Verständnis.« Ungeöffnet kam das Manuskript zurück.

Gerda heulte und tobte. So etwas Kleinliches, wegen eines Terminfehlers Weltliteratur passieren zu lassen! Aber nachdem sie eingesehen hatte, wie zwecklos es war, die Dummheit und Uneinsichtigkeit der Menschen zu beklagen, beschloß sie, selbst zu handeln und ließ Berta Bengtssons »Königsweg« auf eigene Kosten drucken.

Gerda sah sich in Sigtuna, dieser kleinen Stadt nördlich von Stockholm, beim Buchbindermeister Florén sitzen, den sie selbst ausfindig gemacht und bei dem sie sich als Berta Bengtsson vorgestellt hatte. Sie sah sich überlegen.

»Erstmal dreihundertfünfzig Exemplare, dann sehen wir weiter.«

»Rot oder blau?« fragte Meister Florén und reichte ihr das Musterbuch für Einbandseiden über den Tisch. »Oder gelb?«

»Nein«, sagte Gerda hastig, »gelb auf gar keinen Fall.«

Gelb wäre das Abwegigste gewesen, was sie sich hätte vorstellen können.
Rot oder blau?
In Gedanken zog das letzte, in ihren Augen das schönste Kapitel vorüber. Beim Aufgang der Sonne, barfuß im Morgentau, im Bewußtsein, »Bürger zweier Welten zu sein«, versprachen sich ihre beiden Protagonisten, alles Leid, das ihre Beziehung über sie gebracht hatte, war vergessen, und sie machten sich befreit auf ihren »Königsweg«.
»Rot«, sagte Gerda. Rot war die einzig richtige Farbe.
Berta Bengtssons vorzüglich in rote Seide gebundenes Buch löste keinen Gesellschaftsskandal aus, es blieb völlig unbeachtet. Über sechzig Exemplare hatte Gerda anonym verschickt, ein Stapel war später im nach und nach verfallenden Herrenhaus draußen vor den Toren Stockholms verschimmelt, und noch einhundertzweiundachtzig Exemplare waren etwa sechzehn Jahre nach dem Krieg in die Speisekammer in der kleinen Wohnung in der Södergatan gelangt.
Ob der gehbehinderte Theologiestudent, der sich während ihrer Reise nach Paris, heimlich ein Exemplar aneignete, ihr einziger Leser gewesen war? Fast wünschte Gerda es sich jetzt. Wie lächerlich in seinem überzogenen Pathos alles, was sie geschrieben hatte, war. Und sie wollte weder als Berta

Bengtsson noch als Gräfin Gerda von Croneborg dafür verantwortlich sein.
Noch während ihr Buch bei Meister Florén in Arbeit war, hatte Gerda im Stockholmer Rathaus vorgesprochen und sich am politischen Leben der Stadt beteiligen wollen. Außerdem hatte sie weiter geschrieben und so oft wie möglich Nils zu sich geholt, ihren Lieblingsneffen.
Während der Sommermonate ersetzte der kleine Junge ihr alles, was ihr abhanden gekommen war. Den Gatten und den Geliebten. Er wurde Ratgeber, Zuschauer und Bewunderer in einer Person. Mit seinem »Tante Gerda, du bist die Einzige« machte er ihr immer wieder Mut, ihr Leben als geschiedene Frau, von der Gesellschaft, wie Gerda sah, weitgehend gemieden, zu meistern. Eine politische Karriere war ohnehin aussichtslos.
Ihre flammenden Reden für eine neue Gesellschaft hielt sie zu Hause, ihm, dem kleinen, schmalbrüstigen Jungen, der beinebaumelnd, mit einem blaugelben Papierfähnchen in der Hand vor ihr auf dem Stuhl saß, sie mit seinen großen traurigen Augen fasziniert anstarrte und am Ende jeder Rede – er mußte sie alle längst auswendig gekannt haben – begeistert aufsprang und sein Fähnchen schwenkte.
Nils hatte mit seiner Tante umzugehen gewußt. Um den Preis des geduldigen Zuhörens bekam er alles, was einem Jungen seines Alters wünschenswert er-

schien und zu Hause, auf dem Gutshof, von den strengen Verwandten zu erbitten undenkbar war.
»Darf ich vorstellen, Graf Nils von Croneborg, mein kritischster Zuhörer!« So führte Gerda ihn bei ihren zu dieser Zeit seltenen Diner-Gästen ein, und Selma klapperte eifersüchtig am anderen Ende des Tisches mit dem Suppenlöffel. Sie hatte Nils für sich, als großen, vier Jahre älteren Bruder haben und ihn nicht mit der Mutter teilen wollen.
Im letzten Sommer, ehe Gerda zu Otto von Wolkenstein nach Uppsala zog, hatte Nils nicht mehr zu ihr kommen dürfen.
»Du verwöhnst ihn zu sehr«, hatte Nora ihrer Schwägerin geschrieben. »Das bekommt ihm nicht. Schließlich soll er einmal Gutsherr werden.« Knut und Johanna seien ihrer Meinung.
In jenem Sommer vor fünfunddreißig Jahren war es traurig zugegangen. Auch Selma hatte sich gelangweilt.
Und vielleicht, hatte Gerda später oft gedacht, wäre sie niemals ins Grübeln verfallen und dann zu Otto von Wolkenstein gegangen, wenn man ihr den kleinen Jungen – wenigstens noch den Sommer über – gelassen hätte. Er hätte sie vor vielem bewahrt! Aber Nora, Knut und Johanna hatten es anders gewollt, und Gerda hatte es oft als deren Schuld angesehen, daß ihr Leben dann so traurig verlaufen war.

Hatte er geschlafen?
Auch Nils von Croneborg hatte sich wie seine Cousine Selma im Morgenmantel aufs Bett gelegt, um jederzeit, wenn nötig, aufspringen und zur Stelle sein zu können. Aber auf einmal war er sich nicht mehr sicher, ob er trotz angestrengten Horchens auf das gespenstische Knarren und Knacken, Schurren und Tappen im nächtlichen Haus – mal näher, mal weiter entfernt – nicht doch eingeschlafen war.
Er setzte sich auf und strich sich die Haare aus der Stirn. Sechs Uhr. Durch den Vorhang sah er schon die Dämmerung heraufziehen. Endlich! Bald würde er die anderen wecken, Selma zuerst, sie würden zusammen frühstücken, und irgendwann würde Gerda wieder da sein. Alle würden ein bißchen miteinander herumstreiten, Knut würde seiner Schwester heftige Vorwürfe machen, aber dann würde alles wieder in Ordnung sein.
Nils liebte Ordnung, schließlich war er Bibliothekar. Aber er hatte auch seinen Spaß an Außergewöhnlichem. Und deshalb war er wohl kein Gutsbesitzer geworden, sondern hatte studiert und sich, obwohl er es nicht nötig gehabt hätte, für einen bürgerlichen Beruf entschieden.
»Du bist wie deine Tante Gerda«, hatte seine Mutter früher oft zu ihm gesagt, wenn er sie mit seinen Streichen geneckt oder seinem Onkel Knut hinter der Gardine heimlich die Zunge ausgestreckt hatte.

»Paß auf, daß du nicht wirst wie Gerda«, hatte Knut gedroht, wenn er unzufrieden mit ihm war, und seine Vettern und Cousinen hatten gekichert.
Wie lange das alles her ist! dachte Nils und legte sich wieder hin. Was hatte es eigentlich auf sich gehabt, mit diesem »Genausowerden wie Gerda«? Wie war sie denn? Auf dem Gut bei allen unbeliebt, das hatte er schon als Kind gespürt. Aber sonst? Er wußte es nicht, er hatte sie unendlich lieb gehabt. Sie hatte ihm als einzige von seinem Vater erzählt, während die anderen immer nur betreten geschwiegen hatten, vor allem, wenn die Rede auf seinen Tod gekommen war. Gerda war anders gewesen. Nicht so steif, so hochgeschlossen, so wie aus Gips. Er hatte sie anfassen und streicheln können. Warm war sie gewesen und weich. Schade, dachte Nils, daß sie jetzt so verschroben ist und so nach Kastanientinktur und Parfüm stinkt. Gräßlich!
Die Sommer bei ihr in der großen Villa in Stockholm würde er nie vergessen. Er hatte das Gefühl gehabt, der einzige zu sein, der sie verstand. Auch er hatte sich zu Hause auf dem Gut nicht wohlgefühlt. Auch er hatte fortgewollt. Weit fort. Weg vom Land, hinein in die Stadt. Er hatte etwas erleben, wirklich etwas lernen und viele Bücher lesen wollen.
»Tante Gerda schreibt«, hatte er stolz zu Hause erzählt, als er aus den Ferien heimgekehrt und darüber

ausgefragt worden war, was sie denn so täte, die Gerda, allein in der Stadt.

»Oh!« hatte Johanna gesagt und die dünnen Augenbrauen hochgezogen, und Onkel Knut hatte geschwiegen. Und das war noch schlimmer gewesen, als wenn er etwas gesagt hätte.

Wenn es Gerda nicht gegeben und sie mich nicht so geliebt hätte, dachte Nils, wäre ich heute genauso wie die anderen. Nett, aber ahnungslos, wohlhabend und langweilig. Zwar bin ich als mittelmäßiger Bibliothekar, geschieden und kinderlos, allmählich grauhaarig und längst über die Lebensmitte hinaus, auch nicht mehr viel wert, und irgend etwas Außergewöhnliches wird nicht mehr passieren in meinem Leben, aber ich habe durch Gerda wenigstens die Sehnsucht kennengelernt. Die Sehnsucht nach einem ganz anderen Leben im Leben.

Nils zog seine mageren Beine an und rieb sich die unter dem dünnen Morgenrock kalt gewordenen Knie. Er nahm sich vor, Gerda, sobald sie zurück war und alle sich wieder beruhigt hätten, noch vieles zu fragen. Vielleicht würde er jetzt mehr von all dem, was er als kleiner Junge nur geahnt hatte, verstehen. Und über den Kastaniengeruch würde er schon hinwegkommen.

Außerdem wollte er von ihr noch vieles über Selma wissen. Schon während des Telefongesprächs wegen der Truhen, die Gerda verschenkt hatte, war ihm seine Cousine sympathisch gewesen, und auch ihretwegen hatte er sich auf das Fest in Skansen gefreut. Aber daß sie ihm so außergewöhnlich gut gefiel, verwirrte ihn. Ob Gerda ihm zu Selma raten würde?

Die Ehe. Arnold von Weissmantel. Per.

»Damit keine Mißverständnisse entstehen, Arnold, alles, was sich in diesem Haus befindet, bleibt hier«, hörte Gerda sich sagen und sah sich vor ihrem großen hageren Mann in der hell erleuchteten, prächtigen Diele der Stockholmer Villa stehen. Und Arnold von Weissmantel hatte zwei Koffer gepackt und war fortgegangen. Hinaus in die Nacht.

Gerda hätte es sich gewünscht, daß es an jenem Abend nach der Scheidung Streit zwischen ihnen gegeben hätte. Offenen und lauten Streit. Aber nicht einmal diesen Wunsch hatte Arnold von Weissmantel seiner Frau erfüllt. Er war sogar ohne sein »Wie du willst, meine Liebe« gegangen. Schade, hatte Gerda gedacht, sich auf die Treppe gesetzt und gewartet.

Warum hatte er nicht widersprochen? Warum hatte er nicht angefangen, zu rechten und zu kämpfen und seinen Anspruch geltend zu machen auf das, was sein gewesen war in diesem Haus? Auf das Silber, den Samowar, die Leuchter und Schalen. Keineswegs mittellos, hatte er bei Gerdas Vater, Graf Georg von Croneborg, um die Hand der Tochter angehalten.

Die Ehe, durch die aus der hübschen, verwöhnten und eingebildeten »Comtesse Gerda von Croneborg« zunächst die »Baronin Gerda von Weissmantel« und dann, weil man Arnolds Titel in Schweden nicht anerkannt hatte, schlicht eine »Frau Gerda von Weissmantel« geworden war, hatte nicht gutgehen können. Zu verschieden waren die beiden, die sich, tanzend und Französisch lernend, in Lausanne begegnet waren. Übereilt, wie Gerda jetzt sah, war die Hochzeit vollzogen worden.

Gerda war ehrgeizig gewesen. Ununterbrochen hatte sie Pläne gemacht und neue Ziele ins Auge gefaßt. Sie hatte die Beziehung zwischen Mann und Frau nicht nur als eine selbstverständliche und natürliche angesehen, sondern als höhere, geistige gestalten wollen, wenn sie auch nicht genau wußte wie. Daß sie sich dennoch Kinder gewünscht und sich später, Arnolds Langweiligkeit, Phantasie- und Harmlosigkeit überdrüssig, der Zudringlichkeit Pers nicht erwehrt hatte, war ihrer fragwürdigen Begabung zuzuschreiben, das Leben unter verschiedenen Aspekten zu führen.

Arnold, das war nach kurzer Zeit deutlich, hatte sein Leben als friedfertiger Forstmeister an der Seite seiner hübschen, zehn Jahre jüngeren Frau auf dem eigenen Gut verbringen wollen. In Schweden hatte er die Ruhe zu finden gehofft, die ihm in seiner Heimat nicht gegönnt war. Er wollte Pferde züchten, Kinder großziehen und das Leben – so, wie es nun einmal war – genießen. Und nicht mehr.

Heldentum, wie es Gerda vorschwebte, war nicht Arnolds Sache, und schon bald nach der Hochzeit

war eine Ernüchterung eingetreten. Allein die Hoffnung auf ein Kind hatte ihrer Beziehung während der Zeit auf dem Gut in Mariedamm noch eine gewisse Spannung verliehen. Fünf Jahre hatte Selma auf sich warten lassen. Und auch der Versuch, in der Stadt ein neues Leben zu beginnen, nachdem das Haus, ein Jahr nach Selmas Geburt, hatte verkauft werden müssen, war gänzlich fehlgeschlagen.
Gerda hatte sich in Sanatorien geflüchtet, und der baltische Forstmeister, in der neuen Umgebung vollkommen überflüssig, war trübsinnig geworden. Nie hatte sie ihm verziehen, daß er Opfer eines Betrügers geworden war und ein Gut auf unfreiem Grund gekauft hatte. Sechs Jahre nach ihrer Hochzeit war ein Großteil ihres Erbes verloren.
Gerda sah sich auf der Treppe sitzen und warten. Warten auf Per. Sie hatte fest damit gerechnet, daß er, nachdem Arnold gegangen war, kommen und sie in die Arme schließen würde. Sie war dreißig Jahre alt und zu allem bereit.
Aber Per kam nicht, und es dauerte eine ganze Zeit, bis ihr klar wurde, daß sie sich geirrt hatte. Kalt und ein wenig steif stand sie auf und sagte laut zu sich selbst: »Dann eben nicht.«
Sie stieg in ihr Zimmer hinauf und löschte das Licht. Sie, die sich mit ihrer Scheidung ihren Familiennamen zurückerobert und auf eine amtliche Bestätigung als Gräfin Gerda von Croneborg gedrungen

hatte, war nicht die Frau, die sich mit der Rolle der Sitzengelassenen abgefunden hätte.
Gutgelaunt begleitete sie Per wenige Tage später zum Bahnhof – er wolle weit fort, hatte er ihr mitgeteilt, außer Landes –, und das Ziel, das sie sich beim Abschied aus einer Laune heraus lachend steckten, entsprach ganz ihrem Geschmack.
Damals hatte sie gemeint, ein Spiel begonnen zu haben, und nun begriff sie, daß es kein Spiel, sondern Ernst gewesen war. Ein Leben. Gerda war tief bestürzt.
Und als sie jetzt die erste Begegnung mit Per vor sich sah, fehlte der Glanz, an den sie sich immer erinnert hatte, und Gerda mußte sich eingestehen, daß es sehr einfach zugegangen war – sehr banal.
Sie war, oberflächlich genesen, aus einem Sanatorium in der Schweiz zurückgekehrt, Arnold hatte gelangweilt am Schachbrett gesessen – »Geht es dir besser meine Liebe?« –, und man hatte beschlossen, mit Selma, Kindermädchen und Picknickkorb hinauszufahren in die Schären. Es war Sommer.
Versteckt im Schilf in einem Boot lag Per, in kurzen Hosen, rothaarig und braun. Von einer Klippe herab hatte Gerda ihn zufällig entdeckt, sich rasch nach ihrem bleichen Mann mit Sonnenhut, ihrer kleinen Tochter und dem Kindermädchen umgesehen, und, nachdem sie festgestellt hatte, daß die drei weit weg die Möwen fütterten, gehustet. Per setzte sich auf,

blinzelte in die Sonne und fragte: »Allein auf der Pirsch, gnädige Frau?« Und Gerda kicherte.

So hatte es angefangen.

Gerda sagte zu ihrem Mann, es sei ihr zu anstrengend draußen in den Schären, im Möwengeschrei und Wind, sie wolle den Sommer lieber in der Königlichen Bibliothek verbringen. So konnte sie, ohne irgendeinen Verdacht zu erregen, tagsüber lange fortbleiben und allein hinausfahren.

Per war genauso, wie Männer nach Auffassung von Gerdas Mutter und Großmutter nicht hatten sein dürfen. Schwärmerisch, bindungslos und ohne Moral. Er hatte den Dienst beim König quittiert, sich ein kleines Haus draußen in den Schären gebaut und sich von der Gesellschaft, von Gott und der Welt abgesetzt.

Er erzählte Gerda von Banketten, Adel und Orden, wofür auf die Welt gekommen zu sein ihm als einzigem Sohn eines hohen Beamten von Kindheit an gelehrt worden war. Und er zog Gerda zu sich ins Boot und sagte: »Schluß damit, wir beide wollen auferstehen!«

Und er zeigte ihr, was einer darunter verstand, der schon monatelang draußen lebte, am Wasser, in Wetter und Wind.

»Der Mensch ist nicht fürs Hier und Jetzt, und außerdem kommt er von anderswo«, sagte Per, »und du bist für das Leben dahinten viel zu schade.«

Und damit meinte er die Stadt, Arnold mit seinen weißen Handschuhen, von denen sie ihm erzählt hatte, die Villa und die Gesellschaft.
Ein alt gewordener Junge? Oft hatte Gerda sich später gefragt, wer dieser Graf Per von Liliencrantz, der sich um sein dreißigstes Lebensjahr in dieses Haus zurückgezogen hatte, mit einem Bett, einem Tisch, einem Stuhl und einem Gewehr hinter der Tür, eigentlich war. Der für den Sommer ein Hemd und für den Winter einen Pelz gebraucht hatte, und nicht mehr. Dumm war er nicht. Im Gegenteil. Und er hatte viel gelesen. Viel mehr als sie.
»Wir gehen hinauf in den Norden und fangen ein neues Leben an. Bei den Flößern, im Wald. Lies die ›Legenda Aurea‹ und komm mit!«
Bei Per waren alle Gegensätze der Welt aufgehoben, er wußte alles miteinander zu verbinden. Nein, ein Junge war er nicht. Und auch kein Schwärmer.
Arnold von Weissmantel war für Gerda vollkommen nebensächlich geworden. Dennoch dauerte es zwei Jahre, bis sie sich traute, ihm die Trennung vorzuschlagen. Und das war zu lang. Längst waren Pers von ihr gestutzte Flügel nachgewachsen, und er war ihr entflogen, ehe sie es gemerkt hatte.
Hatte Arnold eigentlich nichts bemerkt, oder war ihm alles egal?
»Wird es dir nicht zuviel, meine Liebe«, fragte er oft, wenn sie, erschöpft von ihren angeblichen Studien

in der Bibliothek, zurückkam. Der Sommer war lange vorüber, es wurde Herbst und dann Winter. Gerda sah sich im Dunkeln draußen vor der Villa stehen. Sie schaute durch das Fenster und erblickte Arnold, der mit Selma auf dem Arm im erleuchteten Zimmer auf und ab ging. Leicht bewegte sich sein Oberkörper hin und her. Er sang. Das Kind lachte. Gerda hatte sich verspätet im Schnee, es war beinahe schon Nacht, und sie zögerte, in das helle, warme Haus hineinzugehen. In das beschauliche Leben. Wie eine Fremde stand sie draußen am Fenster und beobachtete die beiden. Und plötzlich spürte sie, daß zwischen dem Mann und dem Kind etwas war, von dem sie nichts wußte. Nähe. Eine Frau und eine Mutter waren dort drinnen überflüssig. Bleich vor Eifersucht stürzte Gerda ins Haus und riß ihre Tochter an sich.

»Du sollst ihr nicht immer etwas vorsingen, Arnold, das gehört sich nicht.«

Aber Arnold reagierte nur auf die ihm eigene Weise: »Soll ich dir aus dem Mantel helfen, meine Liebe?«

Selma wehrte sich heftig gegen die Umarmung ihrer Mutter und versuchte, sich loszureißen.

In der Nacht beschloß Gerda, um das Kind zu kämpfen – mit allen Mitteln.

»Verstehen Sie mich recht«, sagte sie zu dem Rechtsanwalt, »er entfremdet mir das Kind und fesselt es zu stark an sich. Die Beziehung zwischen Vater und

Tochter ist längst nicht mehr normal. Ich hoffe, ich muß nicht deutlicher werden.«

Der alte Herr warf der hübschen Frau von Weissmantel einen prüfenden Blick zu und schwieg.

Selma wurde ihr zugesprochen, sie stellte keine Unterhaltsansprüche, und Arnold mußte auf das Recht verzichten, seine Tochter zu sehen.

Gerda wurde von heftiger Reue erfaßt, als ihr jetzt klarwurde, wie sehr sie Arnold Unrecht getan hatte. Hatte sie ihn denn überhaupt nicht geliebt? War es allein die Vorstellung, Witwe eines Helden zu werden, gewesen, die sie veranlaßt hatte, ihn zu heiraten? Nein, er hatte ihr imponiert. Er war so anders als die jungen schwedischen Adligen, er hatte ihr nicht den Hof gemacht. Er war ihr und ihrer Schwester Flora zwar von Lausanne nach Eksjö gefolgt, aber er hatte ihr nicht die Schlittschuhe angeschnallt, nicht ihr Pferd gesattelt und sie nicht zum Tanz aufgefordert wie alle anderen. Er hatte sie nicht andauernd gelobt und ihr auch nicht andauernd gesagt, wie schön sie sei. Er hatte sie links liegenlassen, und Flora hatte sich heftig in ihn verliebt. Eines Tages hatte er sich, ohne Gerda vorher gefragt zu haben, dem alten Grafen erklärt und um ihre Hand angehalten. Alle waren verwirrt, Flora verzweifelt, Gerda bestürzt und beleidigt gewesen. Wo hatte er hingedacht! Einfach so? Sie hatte sich Bedenkzeit erbeten – und er hatte gewartet.

Und das, so meinte Gerda, war ein Fehler gewesen. Denn wenn er gekämpft und versucht hätte, sie zu zwingen, hätte sie sich gewehrt und sich ihm verweigert. Das Warten aber hielt sie für stilles Heldentum. Sie willigte bald ein und begriff erst später, daß sein Verhalten alles andere als heldenhaft war.
Sie hatten Hochzeit gehalten, zehn Tage lang – ein Volksfest im Sommer auf dem Gut ihrer Eltern in Eksjö. Gerda war einundzwanzig Jahre alt.
Mitteleuropa war weit, der Erste Weltkrieg ein fernes Geschehen, nur wenig von Bedeutung für ein schwedisches Adelshaus, dessen Sorge allein dem Besitz und der standesgemäßen Vermählung von Söhnen und Töchtern galt. Arnolds Verwandte, verunsichert durch die Wirren der Zeit, waren nicht gekommen.
Gerda sah alles vor sich. Alles, wie sie es sich selbst ausgedacht und bis ins Kleinste vorbereitet hatte. Ihre Hochzeit hatte ein Fest zur Erinnerung für alle, in Ewigkeit, sein sollen. Vielleicht hatte sie sogar nur um dieses Festes willen geheiratet. Wie ahnungslos, selbstbezogen und verwöhnt, diese Comtesse Gerda von Croneborg.
Sie sah ihr hübsches Gesicht unter dem weißen Schleier, ihr blondes, zu einem Kranz geflochtenes Haar. Sie sah Arnold hoch und schlank neben sich. Die blumengeschmückte Kirche, die Brautjungfern. Das Brautpaar in der Kutsche mit zwölf wei-

ßen Pferden, der Einzug durch die Birkenallee vor das Haus in Eksjö. Gesinde, mit Sträußen und Fahnen, säumte den Weg und streute Ringelblumen aus kleinen weißen Körben, die sie selbst entworfen hatte. Jubel und Singen. Weiße Wolkengebirge am blaustrahlenden Himmel. Freudentränen in den Augen der Brautmutter und Großmütter. Flora abseits. Flora, ihre Schwester, in Trauer, düster, voller Haß.
Gerda sah das Feuerwerk am Abend über dem See, den Tanz der als Elfen und Zwerge verkleideten Kinder im magischen Licht am Ufer, hörte die Musik vom Wasser her. Alles so, wie es wochenlang vorher geprobt worden war.
Kein Regen, kein Wind. Schwärme von Mücken über den tanzenden Paaren, draußen in dieser milden, erleuchteten Sommernacht.
Inmitten von allem das Brautbett. Im Pavillon am See hatte Gerda es herrichten lassen, in ihrem Märchenland hatte auch die Brautnacht stattfinden sollen.
Und Arnold? Er war beschwipst, drehte und drehte sich – alle hübschen Mädchen durften mit ihm tanzen – und rief seiner vorbeiwirbelnden Braut zu: »Quelle fête magnifique, ma chérie!« Man sprach Französisch miteinander, noch fast zwei Jahre lang. Und dann der Frosch! Gerda hatte vor Wut geheult, und Arnold war hilflos und erschöpft neben ihr

eingeschlafen, während draußen vor dem Pavillon die Elfenmusik nach und nach verklungen war.
Erst zehn Tage später nahm die Ehe ihren Anfang, erst nachdem das Fest zuendegegangen und das junge Paar auf dem eigenen Gut in Mariedamm eingezogen war.
Und dann war in dem weitläufigen herrschaftlichen Gebäude, mit Gesinde und Gesellschaften, Hochzeiten, Taufen und Beerdigungen in der nahen und weiten Verwandtschaft rasch der Alltag über beide gekommen. Arnold, immer mit weißen Handschuhen, fand keinen Kontakt zu den Leuten, trank abends zuviel und spielte lustlos Schach. Und Gerda, als sie merkte, daß er nicht von der Stelle zu bewegen war und weder für sich noch für seine junge Frau Ruhm zu erwerben Ehrgeiz besaß, sah mit Schrecken das vor dem Altar gelobte »Für immer« auf sich zukommen.
Die Winter waren lang. Gerda hatte oft behauptet, daß es in ihren Ehejahren vor Selmas Geburt immer nur Winter gewesen sei. Stumm das Haus, Schneewehen vor der Tür, ein Feuer. Die Tage wie ein einziger, nicht enden wollender, trauriger Abend. Gewiß, die Schlittenpartien in dicken Pelzmänteln und kleinen, mit Kohle gefüllten Kästen unter den Füßen über die weiße Ebene hin, das Dampfen der schwitzenden Pferde, Rast irgendwo, Einkehr und Rückkehr, brachten Abwechslung und verkürzten

die Tage. Aber Arnold und Gerda entfernten sich nebeneinander nach und nach weit voneinander.
Irgendwann mußte Arnold etwas aufgefallen sein, und er schlug seiner Frau vor, da die Zeiten ja allmählich ruhiger geworden seien, eine Reise zu unternehmen. Nach Paris.
Gerda war begeistert.
Sie sah das junge Paar in der Eisenbahn, am Arc de Triomphe, in den feinsten Hotels, in der Oper. Vom Krieg war hier nichts mehr zu spüren. Diners, Empfänge. Alles vom Feinsten – aber langweilig. Nur einmal gerieten sie auf einem Jahrmarkt in ein Filmtheater! Arnold kaufte seiner Frau einen grauen Hut, sich selbst einen Spazierstock mit Silberknauf und neue weiße Handschuhe. Nein, auch Paris hatte ihn nicht verändern können.
Enttäuscht kehrte Gerda nach Mariedamm zurück, besuchte bald darauf Mutter und Großmutter, um sich mit ihnen zu beraten, was zu tun sei.
»Ich glaube, es liegt an Arnold«, behauptete sie.
Aber die Großmutter schüttelte den Kopf und riet ihr, ein Kind zu adoptieren: »Das hilft immer!«
Gerda hatte gezögert.
Zunächst hatte sie, um beschäftigt zu sein, Beratungen für Frauen von Alkoholikern durchgeführt. Sie hatte dazu einen Seitenflügel des Gutshauses herrichten lassen und zweimal in der Woche Vorträge gehalten, über den Mann und die Frau, und so getan,

als verstünde sie etwas vom Leid der Welt. Von beengten Zimmern, vielen Kindern, Wäsche und einem leeren Topf auf dem Herd. Sie lehrte die Frauen lesen und schreiben und verhalf vielen dazu, ihren Lebensunterhalt selbst zu verdienen und unabhängig zu werden. Unabhängig, wie sie es selbst immer gern sein wollte.
Gerda wunderte sich, daß es ihr gelungen war, das Vertrauen dieser Frauen zu gewinnen. Die verwöhnte Baronin und das Volk? Aber schon ihr Vater, Graf Georg von Croneborg, hatte soziale Ambitionen gehabt, hin und wieder Petitionen zugunsten der Landbevölkerung an den König geschickt, Pachtzinsen gestundet und Verfehlungen ungestraft gelassen. Gerda hatte ihn als kleines Mädchen genau beobachtet, war mit ihm in die Häuser der Armen gegangen und stolz gewesen, weil er überall beliebt gewesen und überall verehrt worden war. Hatte sie selbst ihn vielleicht nur imitiert, weil auch sie hatte bewundert werden wollen?
Gerda kamen jetzt Zweifel, ob es ihr damals wirklich darum gegangen war, das Leid der Menschen zu lindern. Die junge Frau, die sie über das Gut eilen, alles – immer ohne Arnold – bestimmen sah, erschien ihr fragwürdig und fremd.
Gerda von Weissmantels innere Unruhe wuchs von Tag zu Tag, sie konsultierte Ärzte und befragte Wahrsagerinnen. Aber nichts half.

Im vierten Ehejahr fing Gerda an, sich umzuhören, über Land zu fahren und nach Kindern Ausschau zu halten.
»Wie du meinst, meine Liebe«, hatte Arnold gesagt.
»Nimmst du mich mit?« Gerda sah sie vor sich. Kleine verwahrloste Wesen in Waisenhäusern, die sich an ihre Rockschöße klammerten, große Augen und platte Nasen hinter Fensterscheiben. Mütter und Väter, bemüht, noch vor den Haustüren handelseinig zu werden. Gerda sah sich in ihrer feinen Kutsche vorfahren und wieder abfahren.
Niemals! hatte sie gedacht und war endlich schwanger geworden.
»Es wird ein Sohn, Arnold.«
Gerda sah sich mit ihrem Mann am Kamin sitzen und hörte ihn fragen: »Meinst du?«
Und sie antwortete: »Ich weiß es.«
Im fünften Monat fuhr Gerda, um sich zu zeigen und um sich mit den Frauen zu beraten, nach Björknäs, und beim festlichen Abendessen ergriff der kleine Nils feierlich ihre Hand und erklärte, daß er sie heiraten wolle. Alle lachten, Nils lief beleidigt hinaus, und Gerda ging ihm nach, um ihn zu trösten.
Sie sah sich auf dem Flur stehen und neben sich, im Halbdunkel, eine kleine verkrüppelte Gestalt auftauchen. Die alte Base Ala. Knochige Finger packten ihren Ärmel, und mit einer schrecklichen Grimasse flüsterte die Alte ihr zu:

»Du hast den Jungen verhext. Das sollst du büßen!« Gerda meinte, einen Stich im Leib zu verspüren, und später, als Selma geboren und es kein Junge geworden war, hatte sie zu Arnold gesagt:
»Das war Ala. Sie hat mir keinen Jungen gegönnt und mich verflucht.«
Aber Arnold, so hatte sie den Eindruck gehabt, war glücklich gewesen, eine Tochter zu haben. Und das, vor allem das, hatte sie maßlos geärgert.
War sie dem Kind gegenüber von Anfang an ungerecht gewesen?
Gerda war es, als sei immer Kälte von ihr ausgegangen, als sei es auch in ihrem Innern immer kalt gewesen – nicht erst jetzt, in dieser Nacht auf der Bank im Park.

»Ich glaube, sie ist doch im Park. Steh auf!«
Selma fuhr hoch aus dem Schlaf. Schon halb angezogen, stand die kleine Gerda vor ihr.
»Was sagst du?«
Selma brauchte eine Weile, ehe sie sich daran erinnerte, wo sie eigentlich war. Und sofort kehrte die Besorgnis zurück. Wie hatte sie nur einschlafen können!
»Ist es schon spät?«
Einer der Vorhänge war etwas beiseite geschoben, beinah taghell war es draußen. Sie stand auf und sah ihr übernächtigtes Gesicht im Spiegel an der gegenüberliegenden Wand.
»Erst halb sieben. Aber ich glaube, sie ist doch im Park«, wiederholte die kleine Gerda und schlüpfte bereits in die Schuhe.
»In der Nacht warst du anderer Meinung«, sagte Selma, legte den Morgenrock beiseite und zog sich, nun doch beunruhigt, rasch an.
»Wir können ja nachsehen. Komm!«
Sie nahm ihren Pelz und reichte ihrer kleinen Tochter Mantel und Mütze – draußen würde es noch kalt sein.
Die Tür zum Zimmer ihrer Mutter war angelehnt. Selma stutzte, ihr Herz schlug bis zum Hals. Vorsichtig schob sie den Kopf durch den Türspalt. Und ehe sie schreien konnte, sagte die kleine Gerda neben ihr hastig:

»Es ist Arne!«
Völlig verrenkt lag der kleine Junge unter dem Pelzmantel am Boden mit einem violetten Samthut unter dem Kopf. Einen Moment lang hatte Selma gedacht, er sei tot.
Im Augenblick kam Nils im Morgenrock auf den Flur. Und es dauerte eine Weile, bis die kleine Gerda beide überzeugt hatte, daß alles gar nicht so schlimm sei und Arne bloß seinen Rausch ausschlafe.
»Wieso Rausch?« fragte Nils.
Und die kleine Gerda freute seine Verärgerung, als sie ihn fragte, ob es ihm entgangen sei, daß nicht allein er gestern abend einiges zuviel getrunken habe. Sie wollte ihn bei ihrem Spaziergang mit der Mutter durch den Park nicht dabeihaben.
Aber Nils bestand darauf, mitzukommen, trug Arne in sein Bett, warf sich seinen Mantel über und folgte Selma und ihrer kleinen Tochter die Treppe hinab.
Die kalte Luft fuhr in die Lungen. Die kleine Gerda mußte husten, als sie aus der Haustür traten. Wortlos gingen die drei über den Platz zum Kiesweg und auf ihm hinein in den morgendunstigen Park.

Vom Land in die Stadt.
Gerda von Weissmantel hängte ihrer Tochter einen Engel über das Kopfende der Wiege und betete mit ihr. Auch wenn sie mit Pfarrer und Kirche im Zwiespalt war – es gehörte sich so. Arnold von Weissmantel war mit allem einverstanden. Und eine Weile hatte Gerda sich in der Rolle der glücklichen Mutter gefallen.
Aber dann kehrte die Unruhe zurück. Die Unzufriedenheit. Sie wollte fort und war sich gewiß, für etwas anderes als für das Jahrein-Jahraus an der Seite eines gutmütigen, aber langweiligen Mannes in der schwedischen Provinz bestimmt zu sein. Und als das Gut verkauft werden mußte, beschloß sie, ohne sich über die weitere Existenz Gedanken zu machen, in die Hauptstadt umzusiedeln und ein neues Leben zu beginnen. Niemals auf einen kleineren bescheideneren Hof, hatte sie gedacht und, Arnold und Selma als bürgerliche Statisten zur Seite, von einer politischen und literarischen Karriere geträumt.
Gerda sah sich durch die hohen, hellen Räume ihrer Stockholmer Villa gehen und ihre Möbel in der neuen Umgebung betrachten. Und das wenige, was von ihrem Erbe übriggeblieben war, kam ihr auf einmal fremd vor. Zu groß und zu schwer. Sie blickte zum Fenster hinaus. Keine Felder, kein See, kein Vieh. Ein Zaun, der Garten des Nachbarn und wieder ein Zaun. Die Straße. Eng. Eng erschien ihr

alles, und ihr fiel es schwer, sich umzugewöhnen, vom Land in die Stadt.
Und Arnold? Er hatte am ersten Tag neben ihr gestanden im Zimmer, und am zweiten war er mit ihr um das Schloß spazierengegangen. Und als Gerda ihn gefragt hatte, ob es ihm gefalle, in der Stadt, hatte er nichts geantwortet. Später hatte er manchmal »Du hast es doch so gewollt, meine Liebe« gesagt, und noch später hatte er angefangen zu singen. Traurige Kinderlieder. Das hatte Gerda zu schaffen gemacht. Oh, wie sie sie gehaßt hatte, diese Lieder!
Damals, am ersten Tag in der Villa in Stockholm, hatte es begonnen: das Wachsen der Möbel. Bei jedem Umzug war alles größer und sperriger geworden, und zuletzt, in der kleinen Wohnung in Vadstena, hatte Gerda sich von zwei Truhen schon fast bedroht gefühlt. Mit ihrem Umzug vom Land in die Stadt war alles, was für immer an einem Platz zu bleiben bestimmt war, in Unordnung geraten. Von einem Ort zum nächsten war ihr Hausstand gewandert, war verpfändet und, um vieles geschrumpft, wieder ausgelöst worden – und nun war alles dahin!
Und sie saß, in einem dünnen Kleid, auf einem Floß, das gar kein Floß, sondern nur eine Bank im nächtlichen Park von Skansen war, und konnte sich, vor Kälte erstarrt, nicht mehr bewegen. Es war ihr, als

habe sie einen großen Bilderteppich betrachtet, unfertig und wenig schön, wie er nun einmal war. Und als sie an sich herabblickte, gewahrte sie unter dem elfenbeinfarbenen Kleid, unter Stickerei und Spitzenbesatz ihren unförmigen Körper. Gerda von Croneborg wunderte sich. Eine alte Frau in einem solchen Kleid! Wahrscheinlich hatten alle sie belächelt.

Die schöne schlanke Frau in ihrem Brautkleid vor neunundvierzig Jahren hatten alle bestaunt. Damals war alles ganz anders gewesen. Niemand hatte sich gewundert, und niemand hatte gelacht. War nicht das Kleid übersät mit kleinen silbernen Sternen?

Als sie den Kiesweg unter den hohen Bäumen betraten, kam es Selma so vor, als sei hinter ihnen eine Tür ins Schloß gefallen, als hätten die kleine Gerda, Nils und sie die Grenze zu einer anderen Welt überschritten. Ein für allemal.
Die beiden Erwachsenen gingen voraus, und das Kind schlich in einigem Abstand hinter ihnen her, horchend und staunend, ängstlich bemüht, auf dem knirschenden Kies kein Geräusch zu machen.
»Was schleicht sie denn so?« Nils drehte sich um und beobachtete amüsiert, wie Selmas Tochter hinter einem struppigen Gebüsch verschwand.
Beinah hätte die kleine Gerda die Großmutter übersehen. Marmorweiß, wie eins geworden mit der Umgebung, saß sie regungslos auf der Parkbank und starrte ins Weite. Die ersten Sonnenstrahlen hatten den Dunst durchbrochen und fielen auf den Boden. Die blinkende Schnalle am linken Schlangenlederschuh hatte sie verraten.
Mit pochendem Herzen ging die kleine Gerda, vorsichtig Schritt vor Schritt setzend, auf die Großmutter zu.

Gerda von Croneborg sah sich am Hochzeitsmorgen ihr kostbares, sternenübersätes Brautkleid im Spiegel betrachten. Und während sie sich noch bewunderte, löste sich ihr Bild im Spiegelglas auf, und sie gewahrte ein kleines fremdes Mädchen, das hinter einem Gebüsch hervor zögernd auf sie zukam. Gerda wollte lächeln und ihm zuwinken, aber es gelang ihr nicht. Sie konnte den Arm nicht mehr heben. Das kleine Mädchen blickte sie mit großen, vor Schreck geweiteten Augen an, blieb wenige Schritte entfernt von ihr stehen und flüsterte kaum hörbar:

»Großmutter?«

Gerda von Croneborg versuchte, sich zu erinnern, aber es fiel ihr nicht mehr ein, was das bedeutete.

Das Mädchen kam näher.

»Also doch«, sagte die kleine Gerda laut zu sich selbst und trat, nachdem sie einen Moment gezögert hatte, näher an die Großmutter heran. Nur nicht winken, dachte sie, sonst fliegt sie auch noch davon.

Aber das Gegenteil geschah. Die Großmutter lächelte, neigte sich ein wenig zur Seite, und es sah so aus, als schliefe sie friedlich ein.

Plötzlich standen Selma und Nils neben ihr und packten die schlafende Großmutter heftig bei den Schultern. Mit sich überschlagender Stimme rief Selma immer wieder:

»Mutter, Mutter! So hör doch!«

Aber Gerda von Croneborg reagierte nicht. Eiskalt fühlte sie sich an.
»Lauf«, sagte Selma zu Nils, »ruf den Rettungswagen und weck die andern.«
Nils von Croneborg rannte zurück ins Haus. Nachdem er telefoniert, Knut und Johanna und Nora geweckt hatte, trat er in Arnes Zimmer. Tief unter Decke und Kissen hörte er das gleichmäßige Atmen des Jungen. Nichts von alldem, was um ihn herum geschah, schien zu ihm vorgedrungen zu sein, und Nils beschloß, ihn schlafen zu lassen. So würde wenigstens ihm der entsetzliche Anblick der weißen Gerda auf der Parkbank erspart.
Leise schloß Nils die Tür, stieg mit den anderen die Treppe hinab und wies ihnen den Weg in den Park. Erleichtert atmete er auf, als er endlich den Rettungswagen die Auffahrt heraufkommen sah.
Gerda von Croneborg wurde abgeholt, und Selma fuhr mit. Stumm gingen alle ins Gästehaus zurück. Wenn ihr doch nur einer nachgegangen wäre, in der Nacht. Jeder dachte dasselbe, aber keiner traute sich, es auszusprechen.
Nils weckte Arne, und der kleine Junge erschien ziemlich verwirrt beim Frühstück. Graf Knut von Croneborg ließ sich mit lauter Stimme die Rechnung »über alles« geben. Und als er dem Verwalter den Scheck überreichte und seine Brieftasche schloß, kam es seiner Frau Johanna so vor, als täte er

es in tragischer Entschlossenheit mit einer gewissen Erleichterung, weil er sich sicher war, sie zum letzten Mal für seine Schwester geöffnet zu haben.

»Kommst du mit?« Die kleine Gerda nahm Nils bei der Hand.
»Wohin?«
»Zur Bank im Park. Ich habe meine Mütze dort liegenlassen.«
»Kannst du nicht allein gehen?«
»Nein.«
Die Sonne stand jetzt hoch am Himmel, und schon von weitem sahen sie die Mütze auf der weißen Bank.
»Glaubst du, daß die Großmutter wiederkommt?« fragte die kleine Gerda auf dem Rückweg, ohne Nils' Hand loszulassen. Und weil er nur mit den Schultern zuckte, beantwortete sie sich die Frage selbst:
»Ich glaube nicht. Sie war schon viel zu fest eingeschlafen.«

Roswitha Quadflieg, geboren 1949 in Zürich. 1969–74 Studium der Malerei, Graphik, Illustration und Typographie in Hamburg. 1973 Gründung der Raamin-Presse, einer eigenen Verlagswerkstatt in Hamburg. Setzt, druckt und illustriert Texte eigener Wahl. Ihre Arbeiten finden sich in öffentlichen und privaten Sammlungen in der BRD, in Holland, England, in der Schweiz und in den USA. Mehrere Ausstellungen. Veröffentlichungen im Arche Verlag: *DerTod meines Bruders. Die subjektive Wahrnehmung einer Familie. Ein Bericht* (1985), der Roman *Fabels Veränderung* (1987) und *Traumalphabet. Eine Bibliogenie* (1988).

Roswitha Quadflieg
Der Tod meines Bruders
Die subjektive Wahrnehmung einer Familie
Ein Bericht
109 Seiten. Gebunden

»Ein schmaler Band, die Sätze präzise gefeilt – ohne ein Wort zuviel oder zuwenig. Eine nüchterne Reflexion über das Leben und den Tod, die sich in ihrer altmodischen Sprache wie schönste Poesie liest.«
Irene Mayer-List

Roswitha Quadflieg
Fabels Veränderung
Roman in einem Kapitel
104 Seiten. Gebunden

»Roswitha Quadflieg erzählt diese leise Beziehung zwischen Vater und Kind so einfach und in wunderschönen Sätzen – kein Wort ist überflüssig –, daß der Leser völlig hineingezogen wird in dieses imaginierte Leben zu zweit, das aus Sehnsucht und Einsamkeit entstanden ist.« Barbara Dobrick

Roswitha Quadflieg
Traumalphabet
Eine Bibliogenie
108 Seiten.
101 vierfarb. Abb. 13 s/w Fotos. Gebunden

»Ein tiefer Einblick in die gestalterische und handwerkliche Werkstatt einer bedeutenden Buchkünstlerin... schlicht und gekonnt.« Illustration 63